O terror
seguido de
Ornamentos em jade

Arthur Machen

O TERROR
seguido de
ORNAMENTOS EM JADE

Tradução e posfácio
José Antonio Arantes

ILUMI/URAS

Títulos originais:
The terror, a fantasy
Ornaments in jade

Copyright © desta tradução e edição:
Editora Iluminuras Ltda.

Capa:
Fê

Revisão:
Ana Teixeira
Paulo Sá

Filmes de capa:
Fast Film - Editora e Fotolito

Composição e filmes de miolo:
Iluminuras

ISBN: 85-7321-153-9

2002
EDITORA ILUMINURAS LTDA.
Rua Oscar Freire, 1233 - 01426-001 - São Paulo - SP - Brasil
Tel.: (0xx11)3068-9433 / Fax: (0xx11)3082-5317
iluminur@iluminuras.com.br
www.iluminuras.com.br

ÍNDICE

O TERROR 7

ORNAMENTOS EM JADE
O roseiral 109
Os turanianos 113
O idealista 117
Feitiçaria 123
A cerimônia 127
Psicologia 131
Tortura 135
Solstício de verão 139
Natureza 143
As coisas sagradas 147

A DEMANDA DO MISTÉRIO 151
José Antonio Arantes

O TERROR

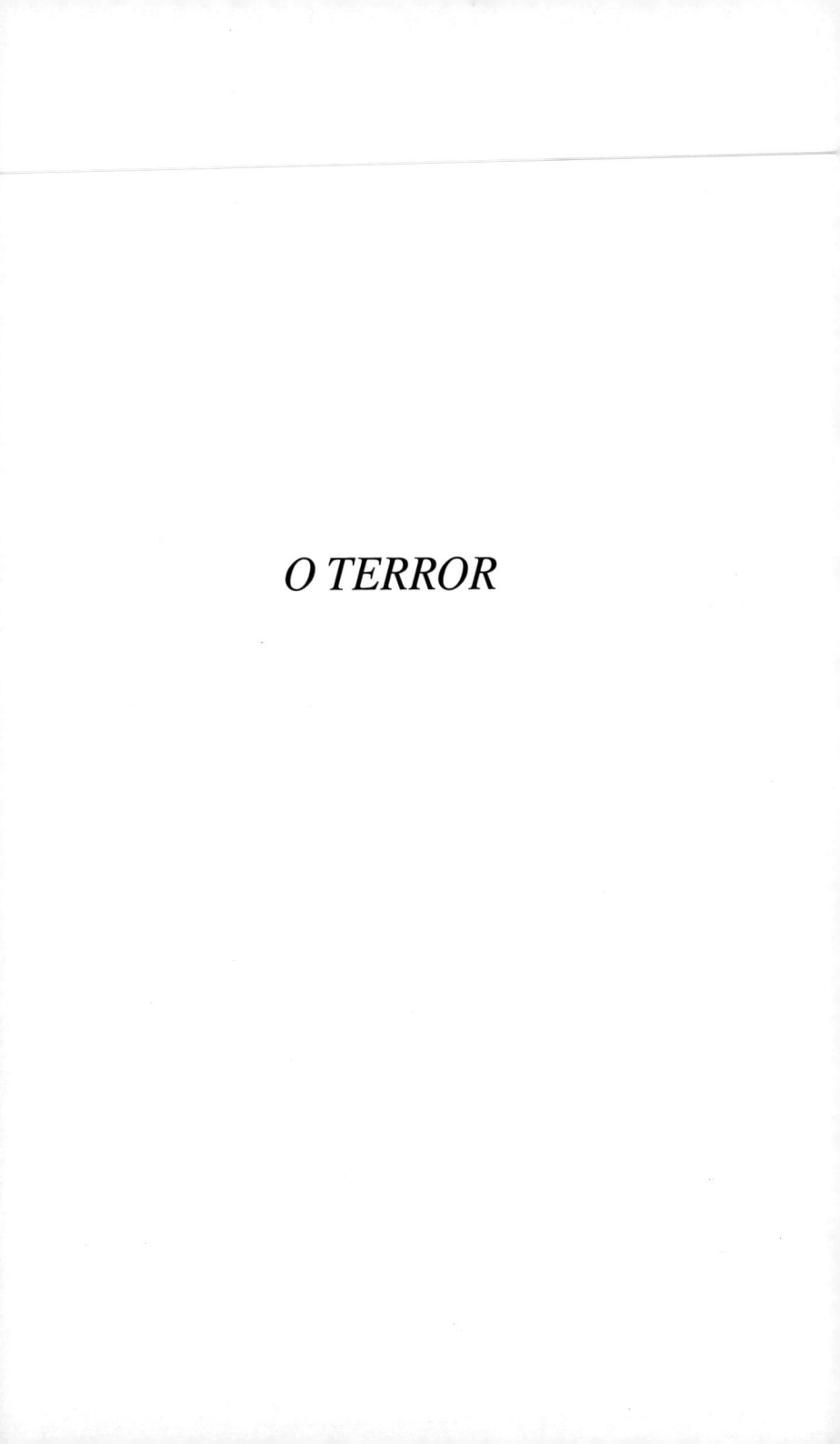

1

O ADVENTO DO TERROR

Depois de dois anos, voltamo-nos mais uma vez para as notícias matutinas com uma sensação de apetite e alegre expectativa. Houve emoções no início da guerra; a emoção do horror e de um destino que parecia ao mesmo tempo inacreditável e certo. Isso se deu quando Namur sucumbiu e as hostes alemãs invadiram como cheia os campos franceses e se acercaram muito perto dos muros de Paris. Depois sentimos a emoção do júbilo quando chegou a boa notícia de que a medonha maré havia recuado, que Paris e o mundo estavam salvos, ao menos por algum tempo.

Assim, durante dias, aguardamos outras notícias tão boas como essa, ou melhores. Foi o general von Kluck cercado? Hoje não, talvez amanhã sim. No entanto, os dias se tornaram em semanas, as semanas se prolongaram em meses; a batalha do Ocidente parecia paralisada. De vez em quando, faziam-se coisas que pareciam esperançosas, com a promessa de acontecimentos ainda melhores. Mas Neuve Chapelle e Loos se reduziram a desapontamentos à medida que se contavam histórias a seu respeito; as formações em linha no Ocidente permaneceram, para todos os propósitos práticos de vitória, imobilizadas. Nada parecia acontecer, nada havia para ler, exceto o registro das operações, que eram claramente fúteis e insignificantes. As pessoas se perguntavam qual era o motivo dessa inação. Os esperançosos diziam que Joseph Joffre tinha um plano, que ele estava "cauteloso"; outros declaravam que estávamos sem munição; outros, mais uma vez, que os novos recrutas ainda não estavam prontos para a batalha. De modo que os meses passaram, e quase dois anos de guerra se haviam completado quando a inerte linha de frente inglesa começou a se mexer e estremecer como se despertasse de um longo sono, e começou a avançar, esmagando o inimigo.

*

O segredo da longa inação do exército britânico foi bem mantido. De um lado, foi rigorosamente protegido pela censura, que severa, e às vezes severa a ponto da absurdidade — "o capitão e os [...] partem", por exemplo —, tornou-se, em especial nesse aspecto, feroz. Assim que as autoridades se deram conta do significado real do que estava ocorrendo, ou começava a ocorrer, uma circular crivada de realces foi enviada aos donos de jornais da Grã-Bretanha e da Irlanda. Advertia cada um deles que poderiam compartilhar o conteúdo da circular com apenas uma única outra pessoa, sendo essa pessoa o editor-responsável do jornal, o qual deveria guardar segredo acerca do comunicado, sob pena das multas mais severas. A circular vetava qualquer menção a acontecimentos que tivessem ocorrido, ou que pudessem ocorrer; vetava qualquer tipo de alusão a esses acontecimentos ou qualquer indicação de sua existência, ou da possibilidade de sua existência, não só na imprensa como também em qualquer outra forma. O assunto não podia ser mencionado em conversas; dele não se podia fazer qualquer insinuação, por mais obscura que fosse, em cartas. A própria existência da circular, à parte seu objeto, tinha de ser um segredo absoluto.

Essas medidas foram bem-sucedidas. Um abastado proprietário de jornal do norte, um tanto excitado ao final da Festa dos Tecelões (que, ressalte-se, se realizou como de costume), arriscou-se a dizer para um homem ao lado: "Seria terrível, não seria, ser...". Suas palavras foram repetidas, como prova, lamentavelmente, de que chegara a hora de o "velho Arnold" se recompor; e ele foi multado em mil libras esterlinas. Depois houve o caso de um obscuro semanário publicado na cidade administrativa de um distrito agrícola do País de Gales. O *Meiros Observer* (como o chamaremos) era publicado nos fundos das instalações de um proprietário de papelaria, e enchia as quatro páginas com relatos de exposições de flores do lugar, feiras de artigos de fantasia em vicariatos, relatos de conselhos paroquiais e raras mortes por acidente em balneários.

Esse órgão informativo imprimiu um tópico, o qual ninguém notou, que se assemelhava muitíssimo aos tópicos que jornalecos do interior havia muito costumavam publicar, que dificilmente poderia dar uma pista a alguém — a alguém, quer dizer, não de todo informado do segredo. Na verdade, essa notícia foi parar no jornal porque o proprietário, que também era o editor, incautamente deixou os últimos procedimentos desse assunto em particular para o assistente, que era o pau-para-toda-obra-mor do estabelecimento: e o assistente acrescentou uma pitada de boato que ele ouvira na feira e a qual preenchera dois centímetros da última página. Mas o resultado foi que o *Meiros Observer* parou de ser publicado, devido a "circunstâncias desfavoráveis", como explicou o proprietário, que nada mais disse. Nada mais, quer dizer, em termos explanatórios, mas um bocado mais em termos da execração de "malditos abelhudos".

Agora, uma censura que seja suficientemente minuciosa e totalmente impiedosa pode fazer milagres no que diz respeito a ocultar [...] o que se deseja ocultar. Antes da guerra, teria sido possível pensar o contrário; teria sido possível dizer que, com ou sem censura, decerto tomar-se-ia conhecimento da ocorrência do homicídio em X ou da ocorrência do assalto ao banco em Y; se não por meio da imprensa, ao menos por meio do boato ou da notícia passada boca a boca. E isso seria aplicável à Inglaterra de há trezentos anos e às primitivas áreas tribais de hoje. Recentemente, porém, habituamo-nos a uma tal reverência à palavra impressa e a uma tal confiança nela que a velha capacidade de divulgar notícias oralmente ficou atrofiada. Proíba-se a imprensa de mencionar o fato de que João foi assassinado e é incrível como algumas pessoas saberão disso, e das que souberem quão poucas acreditarão no que ouviram. Conhecemos um homem no trem que afirma que lhe contaram algo acerca de um homicídio em Southwark. É enorme a diferença entre a impressão com que ficamos de uma comunicação casual como essa e a proporcionada por meia dúzia de linhas impressas com nome, rua, data e todos os fatos do caso. Gente que viaja de trem reconta todo tipo de histórias, muitas delas falsas. Jornais não publicam relatos de assassínios que não foram cometidos.

Ademais, há outro motivo que levou ao segredo. Devo ter dado a entender que o antigo ofício do boato não existe mais. A mim me farão lembrar da estranha lenda dos "russos" e da mitologia dos "anjos de Mons". Mas gostaria de observar, em primeiro lugar, que a ampla divulgação desses dois disparates dependeu dos jornais. Se não existissem jornais ou revistas, russos e anjos teriam feito apenas uma breve e vaga aparição das mais obscuras — alguns poucos teriam sabido deles, nem tantos desses poucos teriam acreditado neles, deles se teriam falado por uma ou duas semanas e, desse modo, teriam desaparecido.

E depois, mais uma vez, o próprio fato de que por um tempo se acreditou nesses boatos fúteis e nessas histórias fantásticas foi fatal para a credibilidade de qualquer rumor que tivesse se espalhado pelo país. As pessoas botaram fé duas vezes; viram indivíduos sérios, homens de boa reputação, pregar e preconizar os notáveis procedimentos que haviam salvado o exército britânico em Mons, ou testemunharam trens, repletos de russos de casacos cinzas, atravessarem o país a altas horas da noite: e agora havia um sinal de algo mais espantoso do que qualquer uma das lendas desacreditadas. Mas dessa vez não havia uma palavra sequer de confirmação nos jornais diários ou semanários, ou nas revistas paroquiais, de modo que os poucos que souberam riram-se ou, sendo sérios, foram para casa e fizeram algumas anotações para ensaios sobre "A psicologia do tempo de guerra: delírios coletivos".

*

Não segui nenhuma dessas direções. Pois antes de a circular secreta ter sido emitida, minha curiosidade havia, de algum modo, sido despertada por um determinado parágrafo relativo a um "Acidente fatal com conhecido piloto-aviador". A hélice do avião havia sido despedaçada, aparentemente numa colisão com um bando de pombos. As pás haviam sido quebradas e o motor caíra como chumbo na terra. E, logo após ter lido essa notícia, tomei conhecimento de algumas circunstâncias bastante estranhas relacionadas a uma explosão numa grande fábrica de munições num condado do centro da Inglaterra. Pensei na possibilidade de haver uma conexão entre os dois diferentes acontecimentos.

O terror

 Amigos que se prestaram a ler esse relato me chamaram a atenção para o fato de que determinadas frases que empreguei pudessem dar a impressão de que atribuo todos os obstáculos da guerra na frente ocidental às circunstâncias extraordinárias que motivaram a emissão da circular secreta. Claro que não é este o caso, pois havia inúmeros motivos para a imobilidade de nossas fileiras de outubro de 1914 a julho de 1916. Essas causas eram bastante óbvias e haviam sido abertamente debatidas e lamentadas. Mas, detrás delas, havia algo de importância infinitamente maior. Faltavam-nos homens, mas homens estavam sendo admitidos em abundância no novo exército. Estávamos mal providos de projéteis, mas, quando se anunciou publicamente a escassez, o país tratou de corrigir o problema com muita eficácia. Poderíamos assegurar o reparo das deficiências de nosso exército — no que respeitava a homens e munição — *se* o novo e inacreditável perigo pudesse ser superado. Foi superado. Sem dúvida, talvez, deixou de existir. E agora o segredo pode ser revelado.

 Eu disse que minha atenção foi atraída pela notícia da morte de um conhecido piloto-aviador. Não tenho o hábito de guardar recortes de jornais, lamento dizer, de maneira que não posso precisar a data desse acontecimento. Tanto quanto sei, ocorreu por volta do final de maio ou do começo de junho de 1915. O parágrafo do jornal que anunciava a morte do capitão-aviador Western-Reynolds era bastante sumário. Acidentes, e acidentes fatais, com os homens que estão tomando o ar de assalto por nós não são, lamentavelmente, tão raros a ponto de requererem uma nota elaborada. Mas o modo pelo qual Western-Reynolds foi de encontro à morte me pareceu extraordinário, porquanto revelava um novo perigo no elemento que tínhamos recentemente conquistado. Ele foi derrubado, como eu disse, por um bando de aves; de pombos, como pareceu pelo que se encontrou nas pás ensangüentadas e despedaçadas da hélice. Uma testemunha ocular do acidente, um colega oficial, contou que Western-Reynolds partira do aeródromo numa tarde clara, praticamente sem vento. Estava indo para a França. Tinha feito o trajeto de um lado para outro uma dezena de vezes ou mais, e se sentia perfeitamente seguro e à vontade.

 — O "Wester" atingiu logo uma grande altura, e a gente mal

conseguia ver o aparelho. Eu estava me virando para ir embora quando um dos colegas gritou: "Nossa! O que é aquilo?". Apontou para o alto, e a gente viu o que parecia ser uma nuvem negra que vinha do sul a uma velocidade espantosa. Logo percebi que não era uma nuvem. Vinha num remoinho e num ímpeto bem diferente de qualquer nuvem que já vi. Mas por um segundo não consegui distinguir exatamente o que era. A forma se alterou e se transformou numa enorme meia-lua, e girava e mudava de direção como se procurasse alguma coisa. O homem que gritou tinha pegado os binóculos e observava com o máximo esforço. Depois gritou que se tratava de um enorme bando de aves, "milhares delas". Elas continuaram girando e buscando a grande altura no ar, e nós as observávamos, achando-as interessante mas não achando que fariam qualquer diferença para o Wester, que estava quase fora de visão. O aparelho dele não passava de um ponto. Então os dois braços da meia-lua se uniram tão velozes quanto um raio e aquelas milhares de aves dispararam como uma massa sólida pelo céu lá no alto, e se afastaram para algum lugar nor-noroeste. Então Henley, o homem com os binóculos, gritou: "Ele caiu!", e começou a correr e eu o segui. Pegamos um carro e no caminho Henley me disse que tinha visto o avião se estatelar, como se tivesse caído daquela nuvem de aves. Na hora ele pensou que as aves tinham travado as hélices, ou coisa assim. E foi esse o caso, como se soube. Encontramos as pás das hélices todas quebradas e cobertas de sangue, e penas e ossos de pombos estavam introduzidos entre as pás, aferrados a elas.

Essa foi a história que o jovem piloto-aviador contou certa noite para um pequeno grupo de pessoas. Não falou "em sigilo", portanto não hesito em reproduzir o que ele disse. Naturalmente não tomei nota textual da conversa, mas tenho uma certa habilidade para me lembrar de conversas que me interessam, e creio que a reprodução está bastante próxima da história que ouvi. E é preciso observar que o aviador contou a história sem nenhum sentimento ou qualquer indicação de sentimento de que o inacreditável, ou quase o inacreditável, acontecera. Tanto quanto sabia, disse ele, era o primeiro acidente do tipo. Pilotos-aviadores na França tiveram dificuldade umas poucas vezes com aves — ele achava que se tratava de águias — que voaram malevolamente na direção deles, mas o

O terror

coitado do velho Wester fora o primeiro homem a se defrontar com um bando de milhares de pombos.

— E quem sabe não serei o próximo? — acrescentou. Mas por que procurar encrenca? De qualquer forma, vou estar dizendo adeus amanhã à tarde.

Bem, ouvi a história como quem ouve todos os tipos de prodígios e terrores do ar; como o que ouvi há alguns anos sobre "bolsões de ar", estranhos abismos ou vácuos na atmosfera nos quais pilotos caíam, expondo-se a grande risco. Ou como o que ouvi da experiência do piloto que voou sobre as montanhas do condado de Cumberland, no início do verão de 1911, e, no que navegava bem acima dos pontos culminantes, foi repentina e impetuosamente lançado para o alto, o ar quente dos rochedos colidindo com o avião como se fosse uma explosão da chaminé de uma fornalha. Tínhamos acabado de começar a navegar uma estranha região; devíamos esperar encontrar aventuras estranhas, perigos estranhos. E aqui um novo capítulo nas narrativas desses perigos e dessas aventuras se abrira com a morte de Western-Reynolds. E, sem dúvida, engenhosidade e perspicácia logo encontrariam um modo de oferecer oposição ao novo perigo.

Foi, creio, cerca de uma semana ou dez dias após a morte do piloto-aviador que minha ocupação me levou a uma cidade do norte, cujo nome talvez seja melhor que permaneça desconhecido. Minha missão era investigar algumas acusações de extravagância feitas contra os operários, ou seja, contra o pessoal encarregado do material bélico dessa cidade em particular. Dizia-se que os homens que costumavam ganhar duas libras esterlinas e dez xelins por semana estavam agora recebendo de sete a oito libras, que a "um punhado de moças" estava sendo pago duas libras em vez de sete ou oito xelins, e que, por conseqüência, havia uma orgia de descabida extravagância. As moças, contaram-me, comiam chocolates ao preço de quatro, cinco e seis xelins de libra, as mulheres estavam encomendando pianos de trinta libras esterlinas que elas não eram capazes de tocar, e os homens compravam correntes de ouro por dez e vinte guinéus cada uma.

Escarafunchei na cidade em questão e descobri, como de

hábito, que havia uma mistura de verdade e exagero nas histórias que ouvira. Gramofones, por exemplo: não se pode considerá-los estritamente indispensáveis, mas estes estavam, sem dúvida, sendo vendidos com regularidade, mesmo as marcas mais caras. E achei que havia um número muito grande de carrinhos de bebê à vista nas calçadas; carrinhos da moda, pintados com discretos tons de cores e dispendiosamente equipados.

— E como é que o senhor pode ficar surpreso com o fato das pessoas querer se aventurar um pouco? — perguntou-me um operário. — A gente tá vendo dinheiro pela primeira vez na vida, e é dinheiro vivo. E a gente trabalhou duro pra isso, e arriscou a vida pra ganhar ele. Ouviu falar da explosão aqui perto?

Mencionou uma fábrica nos arredores da cidade. Evidentemente, nem o nome da fábrica nem o da cidade foram divulgados. Houve uma breve notícia da "Explosão na fábrica de material bélico no Distrito do Norte: várias vítimas". O operário me contou a respeito disso, acrescentando alguns detalhes terríveis:

— Não deixaram os parentes ver os corpos. Botaram eles nos caixão como encontraram eles tal e qual. O gás se encarregou de tudo.

— O senhor quer dizer que pretejou o rosto deles?

— Não. Tavam todos como se partidos em pedaços.

Tratava-se de um estranho gás.

Fiz ao homem da cidade do norte todo tipo de perguntas sobre a extraordinária explosão da qual me falara. Mas não tinha muito mais para contar. Como já observei, os segredos que não podem ser impressos são em geral profundamente guardados. No verão passado, havia pouquíssimas pessoas fora dos altos círculos oficiais que sabiam alguma coisa acerca dos "tanques", dos quais todos falamos mais tarde, embora esses estranhos instrumentos de guerra estivessem sendo exercitados e testados num parque não longe de Londres. Portanto, o homem que me contou sobre a fábrica de material bélico era, muito provavelmente, típico de sua profissão, por não saber nada mais acerca do desastre. Descobri que era um fornalheiro empregado numa siderurgia no outro lado da cidade, longe da fábrica destruída. Nem sequer sabia o que se fabricava lá; algum tipo perigoso de explosivos, supôs. A informação que ele me deu na verdade não passava de um mexerico horripilante, que ele provavelmente ouvira de terceira, quarta ou quinta mão. O detalhe horrível dos rostos, "como se partidos em pedaços", tivera uma violenta impressão nele, só isso.

Desisti dele e peguei um bonde elétrico até o local do desastre, uma espécie de subúrbio industrial, a uns sete quilômetros da cidade. Quando perguntei onde ficava a fábrica, disseram-me que não era uma boa idéia ir até lá, uma vez que lá não havia ninguém. Mas localizei-a; um barracão tosco e medonho no centro de um pátio cercado, e um portão fechado. Procurei sinais de destruição mas nada encontrei. O telhado estava praticamente intato. E de novo me ocorreu que se tratava de um estranho acidente. Houve uma explosão de uma violência suficiente para matar os operários dentro do prédio, mas no prédio em si mesmo não havia vestígios de danos.

Um homem saiu pelo portão e o trancou. Comecei fazendo-lhe uma espécie de pergunta, ou, antes, comecei a "preparar" uma pergunta: "Dizem que aqui aconteceu uma coisa terrível", ou uma frase convencional assim. Não fui além disso. O homem me perguntou se eu tinha visto um policial descendo a rua. Respondi que sim, e tive a oportunidade de imediatamente prosseguir no meu intento ou de sem demora ser acusado de espionagem. "É melhor a gente andar logo com esse treco", foi, creio, o conselho dele, e o acatei.

Bem, eu me achava, literalmente, encostado contra uma parede de tijolos. Refletindo sobre o problema, só consegui supor que o fornalheiro, ou seu informante, tinha torcido as palavras que contavam a história. O fornalheiro dissera que os rostos dos mortos tinham sido "partidos em pedaços". Isso poderia ser uma perversão inconsciente de "corroídos". Essa palavra poderia descrever muito bem o efeito de ácidos fortes e, tanto quanto sei a respeito dos processos de fabricação de munição, esses ácidos podem ser usados e explodir, com resultados terríveis, em algum estágio delicado de mistura.

Foi um ou dois dias depois que me lembrei do acidente com o piloto-aviador, Western-Reynolds. Num desses instantes, que são mais breves do que qualquer medida do tempo, ocorreu-me a possibilidade de uma ligação entre os dois desastres. Mas havia uma desarrazoada impossibilidade, e a pus de lado. E, no entanto, creio que o pensamento, por mais tolo que parecesse, continuou a me ocorrer. Foi a luz secreta que por fim me guiou através de um sombrio emaranhado de enigmas.

    Por volta dessa época, na medida em que a data pode ser determinada, todo um distrito, pode-se dizer todo um condado, foi assolado por uma série de calamidades extraordinárias e terríveis, que se tornaram ainda mais terríveis porquanto continuaram por algum tempo mistérios inescrutáveis. Não se sabe ao certo, na verdade, se esses acontecimentos medonhos não permanecem ainda mistérios para muitos dos que neles estiveram envolvidos. Porque, antes de os habitantes dessa região do país terem tido tempo de relacionar um indício a outro, a circular foi emitida e, dali por diante, ninguém soube distinguir o fato incontestre da conjetura precipitada e extravagante.

    O distrito em questão se situa no extremo oeste do País de Gales. Vou chamá-lo, por conveniência, Meirion. Há lá uma cidade praieira de alguma reputação entre turistas, por cinco ou seis semanas no verão, e, espalhados no condado, há uns três ou quatro vilarejos antigos que parecem estar em lenta decadência, apáticos e pardacentos com os efeitos dos anos e da negligência. Lembram-me do que li acerca de cidadezinhas no oeste da Irlanda. A grama cresce entre as pedras irregulares das calçadas, as placas no alto das vitrinas das lojas pendem, metade das letras dessas placas falta, aqui e ali uma casa foi demolida, ou caiu em ruínas, uma vegetação silvestre brota entre as pedras tombadas e o silêncio reina em todas as ruas. E, é preciso mencionar, no passado esses lugares não foram magníficos. Os celtas jamais foram hábeis na arquitetura e, segundo me consta, essas cidades, tais como Towy, Merthyr Tegveth e Meiros, devem ter sido antes muito parecidas com o que são agora, aglomerados de casas humildes, pobremente construídas, mal-conservadas e descambadas.

    E esse punhado de cidades se situa, esparsamente, numa região silvestre onde o norte é dividido a partir do sul por uma cadeia de montanhas ainda mais silvestres. Uma dessas cidades fica a cerca de vinte e cinco quilômetros de qualquer estação. As outras são, sem dúvida, remotamente ligadas por ferrovias de via única, servidas por escassos trens que se detêm e titubeiam e hesitam na lenta viagem pelos desfiladeiros das montanhas, ou param por meia hora ou mais em solitários barracos chamados estações, situados no meio de pântanos solitários. Há alguns anos viajei com um irlandês numa dessas linhas esquisitas, e ele olhou para a direita e viu o pântano com os capinzais amarelos e azuis e as águas estagnadas, e olhou para a esquerda e viu uma encosta acidentada, com taludes de pedra cinzenta. "Não posso acreditar", disse, "que ainda estou nos sertões da Irlanda."

Aqui, portanto, vê-se uma região selvagem, dividida e esparsa, uma terra de colinas estranhas e vales secretos e ocultos. Sei da existência de fazendas nesta costa que devem estar separadas por duas horas de uma caminhada árdua e difícil de qualquer outra habitação e que não são visíveis de qualquer outra casa. E no interior, mais uma vez, as fazendas são com freqüência cercadas por densos bosques de freixos, plantados por homens num passado longínquo para proteger as cumeeiras dos ventos inclementes que sopram das montanhas e dos ventos tempestuosos que sopram do mar; de modo que também esses lugares estão ocultos, adivinhados apenas pela fumaça da queima de lenha que se eleva por entre as folhagens verdes circundantes. É preciso que um londrino os veja para crer neles; e mesmo assim mal pode acreditar no isolamento absoluto.

Assim é, fundamentalmente, Meirion, e esta terra, no início do verão do ano passado, o terror invadiu — um terror amorfo, do tipo que homem algum jamais conheceu.

Começou com a história de uma menina que perambulou pelas azinhagas para colher flores numa tarde ensolarada e jamais retornou ao chalé na colina.

2

MORTE NO VILAREJO

A menina que se perdeu tinha saído de um solitário chalé que se situa no declive de um morro alcantilado conhecido como Allt, nome que significa altitude. O terreno circundante é agreste e acidentado. Aqui crescem tojos e samambaias; ali há o vale pantanoso de canas e juncos, assinalando o curso do arroio que brota de uma nascente oculta; acolá a concentração de macegas densas e emaranhadas, os postos fronteiriços da floresta. Nesse terreno áspero e irregular, uma vereda conduz à azinhaga no fundo do vale; além dela o terreno torna a subir e se eleva até os paredões de rocha que sobranceiam o mar, a cerca de uns quatrocentos metros de distância. A menininha, Gertrude Morgan, perguntou à mãe se poderia ir à azinhaga colher flores púrpuras — tratava-se de orquídeas — que lá cresciam, e a mãe lhe dera autorização, desde que voltasse à hora do chá, porque faria uma torta de maçã para o chá.

Ela jamais voltou. Supôs-se que tivesse atravessado a estrada e ido até a beira do penhasco, possivelmente para colher cravinas, que na época estavam em plena floração. Devia ter escorregado, diziam, e caído no mar, seiscentos metros abaixo. E, diga-se, havia, sem dúvida, alguma verdade nessa conjetura, embora bastante longe de toda a verdade. O corpo da menina deve ter sido levado pela maré, porque nunca foi encontrado.

A conjetura de um passo em falso ou de um escorregão fatal na relva escorregadiça que se estende pelo declive abaixo até as rochas foi aceita como a única explicação possível. As pessoas acharam o acidente estranho, porque, em geral, as crianças que vivem perto de rochedos e do mar se tornam precavidas muito cedo, e Gertrude Morgan estava para completar dez anos de idade. Entretanto, os vizinhos diziam: "É isso que deve ter acontecido, e é uma grande pena, não resta dúvida". Mas essa explicação não se sustentaria quando, uma semana mais tarde, um jovem e robusto lavrador não voltou para casa depois do trabalho. Seu corpo foi encontrado nas rochas a uns treze quilômetros do penhasco de onde a menina teria caído. Estava voltando para casa por um caminho que costumava percorrer toda noite de sua vida, por oito ou nove anos, perfeitamente seguro nas noites escuras, conhecendo cada palmo dele. A polícia perguntou se ele bebia, mas era abstêmio; se sofria de ataques, mas não sofria. E não fora assassinado por causa de riqueza, uma vez que lavradores não são ricos. Só era possível, mais uma vez, pensar-se na relva escorregadiça e num passo em falso. Mas as pessoas começaram a sentir medo. Em seguida, uma mulher foi encontrada com o pescoço quebrado no fundo de uma pedreira em desuso perto de Llanfihangel, no centro do condado. Nesse caso a teoria do "passo em falso" foi eliminada, uma vez que a pedreira era guardada por uma cerca natural de tojos. Seria preciso um grande esforço e relutar por entre os espinhos aguçados para se chegar à destruição num local como esse; e de fato os tojos haviam sido partidos, como se alguém tivesse passado entre eles em furiosa velocidade, logo acima do lugar em que o corpo da mulher fora encontrado. E isto era estranho: havia uma ovelha morta ao lado dela no fosso, como se a mulher e a ovelha juntas tivessem sido perseguidas na borda da pedreira. Mas perseguidas por quem? Ou pelo quê? E então houve uma nova forma de terror.

Ocorreu nas regiões pantanosas, no sopé da montanha. Um homem e o filho, um rapaz de catorze ou quinze anos, saíram cedo certa manhã para trabalhar e jamais chegaram à fazenda a que se dirigiam. O caminho que tomavam contornava o pântano, mas era largo, firme e bem encascalhado, e se elevava cerca de meio metro acima do pântano. Quando se fez a busca na noite do mesmo dia, porém, Phillips e o filho foram encontrados mortos no pântano, cobertos de lodo preto e ervas aquáticas. E estavam a cerca de dez metros do caminho, o qual, parecia, deviam ter deixado intencionalmente. Era inútil, claro, procurar pegadas no lodaçal preto, pois se nele se atirasse uma enorme pedra em poucos segundos não haveria qualquer sinal de perturbação da superfície. Os homens que encontraram os dois corpos vasculharam as margens e os arredores do pântano, na esperança de encontrar algum vestígio dos assassinos; percorreram de um lado a outro o terreno elevado onde as reses pretas pastavam, inspecionaram os amieiros junto do córrego. Mas nada descobriram.

O mais horrível de todos esses horrores foi, talvez, o caso da Estrada Mestra, uma estrada vicinal solitária e infreqüentada que serpenteia quilômetros e quilômetros ao longo de um terreno elevado e solitário. Ali, a um quilômetro e meio de qualquer habitação, fica um chalé na orla de um bosque sombrio. Era habitado por um lavrador chamado Williams, pela mulher e pelos três filhos. Numa noite quente de verão, um homem que trabalhara o dia inteiro no jardim de um vicariato, a uns seis ou sete quilômetros do local, passou pelo chalé e parou por alguns minutos para conversar com Williams, o lavrador, que estava trabalhando no jardim, enquanto os filhos brincavam no caminho junto da porta. Os dois conversaram sobre os vizinhos e as batatas, até que a sra. Williams saiu à porta para avisar que o jantar estava pronto, e Williams se virou para entrar na casa. Era por volta das oito horas e, como de costume, a família jantava e se recolhia às nove horas, ou, no mais tardar, às nove e meia. Às dez horas daquela noite, o médico do lugar estava se dirigindo a sua casa ao longo da estrada vicinal. Seu cavalo refugou com violência e depois estancou bem em frente do portão do chalé. O médico apeou, assustado com o que viu. Ali na estrada jaziam Williams, a mulher e os três filhos, mortos, todos eles. O crânio de cada um deles havia sido esmagado, como se por um instrumento de ferro pesado. Os rostos haviam sido macerados.

3

A TEORIA DO MÉDICO

Não é fácil compor um quadro do horror que reside calado no coração dos habitantes de Meirion. Não é mais possível acreditar, ou fingir acreditar, que esses homens, mulheres e crianças morreram em conseqüência de estranhos acidentes. A menina e o jovem lavrador podem ter escorregado e caído do penhasco, mas a mulher morta junto com a ovelha no fundo da pedreira, os dois homens que foram atraídos para dentro do lodaçal no pântano, os membros da família encontrados mortos na Estrada Mestra na frente da porta do chalé em que moravam, nesses casos não havia lugar para a hipótese do acidente. Era como se fosse impossível elaborar uma conjetura, ou esboçar uma conjetura, que explicasse esses crimes hediondos e, parecia, inteiramente despropositados. Durante algum tempo, as pessoas disseram que devia haver um louco à solta, um tipo de variante campestre de Jack, o Estripador, algum abominável degenerado possuído pela paixão da morte, que rondava sorrateiramente aquelas terras ermas, escondendo-se em bosques e lugares silvestres, sempre a observar e buscar as vítimas de seu desejo.

Com efeito, o dr. Lewis, que descobriu o pobre Williams, a mulher e os filhos tristemente trucidados na Estrada Mestra, estava, em princípio, convencido de que a presença de um louco escondido no campo oferecia o único esclarecimento possível do mistério.

— Eu estava certo — disse-me ele mais tarde — de que os Williams tinham sido assassinados por um maníaco homicida. Foi a natureza dos ferimentos daquelas pobres criaturas que me convenceu de que era este o caso. Há alguns anos — na verdade, há trinta e sete ou trinta e oito anos —, estive de algum modo envolvido num caso que, a um exame superficial, assemelha-se muitíssimo ao assassínio da Estrada Mestra. Naquela época, eu tinha uma clínica em Usk, em Monmouthshire. Uma família inteira que morava num chalé à beira de uma estrada foi assassinada numa noite. Foi chamado, creio, de o "crime de Llangibby". O chalé ficava perto do vilarejo com o mesmo nome. O assassino foi pego em Newport. Tratava-se de um marinheiro espanhol, chamado Garcia, que, ao que parece, tinha matado o pai, a mãe e os três filhos por causa de um velho relógio de latão holandês, encontrado com ele quando o prenderam. Garcia tinha cumprido um mês de prisão na cadeia de Usk por um furto sem importância e, ao ser libertado, caminhou até Newport, a uns vinte quilômetros de distância, sem dúvida para pegar um outro navio. Passou pelo chalé e viu o homem jardinando. Garcia o esfaqueou com a faca de marinheiro. A mulher acorreu. Ele a esfaqueou. Em seguida entrou no chalé e esfaqueou as três crianças, tentou atear fogo ao chalé e depois fugiu com o relógio. Isso parecia proeza de um maníaco, mas Garcia não era louco — enforcaram-no, aliás —, era apenas um homem muito pouco evoluído, um degenerado que não tinha o menor respeito pela vida humana. Não tenho certeza disso, mas creio que era oriundo de uma das ilhas espanholas onde, dizem, as pessoas são degeneradas, muito provavelmente em conseqüência da mestiçagem. Mas o que importa é que Garcia esfaqueou para matar, e matou, com um golpe em cada caso. Não houve cortes ou talhos tresloucados. Agora, a cabeça de cada uma dessas pobres criaturas da Estrada Mestra foi macerada pelo que parece ter sido uma desvairada sucessão de golpes. Cada um dos golpes teria sido fatal, mas o assassino deve ter continuado a desferir golpes com martelo de ferro contra pessoas que já estavam mortas. E *esse* tipo de coisa é obra de um louco, de ninguém mais a não ser um louco. Foi assim que interpretei o caso logo após a ocorrência. Eu estava completamente errado, absurdamente errado. Mas quem poderia suspeitar da verdade?

Assim falou o dr. Lewis, e eu o transcrevo, ou a substância do que falou, como um representante da opinião mais abalizada do distrito nos princípios do terror. As pessoas se aferraram a essa teoria porque, em grande parte, oferecia ao menos o consolo de uma explicação, e qualquer explicação, mesmo a mais insatisfatória, é melhor do que um mistério insuportável e terrível. Além disso, a teoria do dr. Lewis era plausível. Explicava a falta de propósito que parecia caracterizar os assassínios. Contudo, havia complicações mesmo desde o começo. Era quase impossível que um demente conseguisse permanecer escondido numa região em que qualquer estranho é logo notado e observado. Cedo ou tarde seria visto andando a esmo pelas veredas ou atravessando as terras silvestres. De fato, um vagabundo bêbado, folgazão e totalmente inofensivo foi preso por um fazendeiro e seu capataz no momento mesmo em que aliviava a cerveja que bebera debaixo de uma cerca viva; mas o vagabundo pôde apresentar um álibi completo e incontestável, e logo lhe permitiram continuar a correr o mundo.

Então surgiu uma outra teoria, ou melhor, uma variante da teoria do dr. Lewis. Esta no sentido de que a pessoa responsável pelas atrocidades era, com efeito, um louco; mas um louco apenas de tempos em tempos. Foi um dos membros do Porth Club, um certo sr. Remnant, quem teria originado essa explicação mais sutil. O sr. Remnant era um homem de meia-idade que, não tendo nada especial para fazer, lia uma grande quantidade de livros para passar as horas. Dava palestras para o clube — composto de médicos, coronéis aposentados, párocos, advogados — sobre "personalidade", citava diversos livros didáticos de psicologia para sustentar a questão de que a personalidade é por vezes fluida e instável, reportava-se a *Dr. Jekyl e Mr. Hyde*, como boa prova de sua proposição, e destacava a especulação do dr. Jekyl de que a alma humana, muito longe de ser una e indivisível, pode cabivelmente se revelar uma mera sociedade organizada, um estado no qual habitam inúmeros cidadãos estranhos e incompatíveis, cujo caráter é não apenas desconhecido como inteiramente insuspeitado por essa forma de consciência que tão temerariamente supõe ser não apenas o presidente da república como também seu único cidadão.

— Em resumo — concluiu o sr. Remnant —, qualquer um de nós pode ser o assassino, embora sem ter a menor idéia do fato. Consideremos o Llewelyn.

O sr. Payne Llewelyn era um advogado idoso, um Tulkinghorn rural. Era o advogado-procurador da herança dos Morgan, de Pentwyn. Isso não soa espantoso em absoluto para os saxões de Londres. Mas o estilo é bem mais do que nobre para os celtas do País de Gales no oeste. É imemorial. Teilo Sant era um dos descendentes do primeiro chefe conhecido da raça. E o sr. Payne Llewelyn deu o melhor de si para parecer o conselheiro legal dessa antiga casa. Era sério, era prudente, era judicioso, era seguro. Eu o comparei ao sr. Tulkinghorn, de Lincoln's Inn Fields, mas o sr. Llewelyn, com toda a certeza, jamais sonhou em passar as horas vagas examinando os armários onde os segredos mais vergonhosos da família estavam trancados. Supondo-se que esses armários existiam, o sr. Payne Llewelyn se arriscaria a tirar dinheiro do próprio bolso para provê-los de inquebrantáveis cadeados duplos e triplos. Era um homem de época recente, um *advena*, com certeza, pois pertencia, em parte, à conquista da Inglaterra, sendo descendente de um ramo de sir Payne Turberville, mas preferia permanecer no tronco antigo da família.

— Consideremos agora o Llewelyn — disse o sr. Remnant. — Escute, Llewelyn, você pode apresentar alguma prova de onde esteve na noite em que essas pessoas foram assassinadas na Estrada Mestra? Penso que não.

O sr. Llewelyn, um ancião, como eu disse, vacilou antes de falar.

— Penso que não — prosseguiu o sr. Remnant. — Pois digo que é perfeitamente possível que o Llewelyn esteja disseminando a morte por Meirion, embora, nesta sua atual personalidade, ele não suspeite nem um pouco de que haja um outro Llewelyn dentro dele, um Llewelyn que pratique o assassínio como uma arte elevada.

O sr. Payne Llewelyn de modo algum apreciou a insinuação do sr. Remnant de que ele bem poderia ser um assassino secreto, com uma sede voraz de sangue, sem remorso, como um animal selvagem. Achou que a frase sobre sua prática do assassínio como uma arte elevada era tanto absurda quanto de extremo mau gosto, e não mudou de opinião quando Remnant salientou que ela fora usada por De Quincey no título de um de seus ensaios mais famosos.

— Se você tivesse me deixado falar — disse ele com uma certa indiferença —, eu lhe teria dito que, na terça-feira passada, na noite em que essas pessoas infelizes foram assassinadas na Estrada Mestra, eu estava hospedado no Angel Hotel, em Cardiff. Eu tinha negócios a tratar em Cardiff, e lá fiquei até a tarde da quarta-feira.

Depois de apresentar este álibi satisfatório, o sr. Payne Llewelyn deixou o clube, e não tornou a visitá-lo pelo resto da semana.

Remnant explicou para os que ficaram no salão de fumar que, obviamente, ele tinha usado o sr. Llewelyn como um exemplo concreto de sua teoria, a qual, ele insistiu, tinha o sustento de um significativo conjunto de indícios.

— Há vários casos de personalidade dupla registrados — declarou. — E repito que é bem possível que esses assassínios tenham sido cometidos por um de nós, agindo conforme sua segunda personalidade. Ora, eu posso ser o assassino no meu estado Remnant B, embora o Remnant A nada saiba a respeito disso e esteja perfeitamente convencido de que seria incapaz de matar uma mosca, quanto menos uma família inteira. Não é assim, Lewis?

O dr. Lewis respondeu que assim era, em teoria, mas achava que não de fato.

— A maioria dos casos de personalidade dupla ou múltipla que foram investigados — disse ele — estava associada aos experimentos bastante duvidosos do hipnotismo, ou aos experimentos ainda mais duvidosos do espiritismo. Todo esse tipo de coisa, a meu ver, é como o conserto da engrenagem de um relógio, o conserto amador, quero dizer. Experimenta-se mexer nas rodas, nos dentes das rodas e nas peças do mecanismo sobre os quais nada se sabe de verdade; e depois se descobre que o ponteiro do relógio está indo para trás ou marcando 24h na hora do chá. E creio que o mesmo ocorre com esses experimentos de pesquisa dos fenômenos psíquicos. A personalidade secundária é, muito provavelmente, o resultado das tentativas ineptas de lidar com um mecanismo sobre o qual nada conhecemos. Notem bem, não posso dizer que seja impossível um de nós ser o assassino da Estrada Mestra nesse estado B, como o disse Remnant. Mas creio que é extremamente improvável. Talvez este seja o guia da vida. Como você sabe, Remnant? disse o dr. Lewis, sorrindo para o cavalheiro, como se sugerisse que ele também tinha feito leituras numa determinada época da vida. Conclui-se, portanto, que a improbabilidade também é o guia da vida. Quero dizer, quando se obtém um grau bastante alto de probabilidade, justifica-se tomá-la como certeza; e, de outro lado, se uma suposição for altamente improvável, justifica-se tratá-la como impossível. Ou seja, em novecentos e noventa e nove de mil casos.

— E quanto ao milésimo caso? — perguntou Remnant. — Supondo-se que esses crimes extraordinários constituem o milésimo caso?

O médico sorriu, encolhendo os ombros, cansado que estava do assunto. Mas, por um tempo bastante breve, membros altamente respeitáveis da sociedade de Porth se entreolharam com suspeita, perguntando-se, afinal de contas, se não havia "algo de verdadeiro nisso". Contudo, tanto a teoria um pouco maluca do sr. Remnant quanto a teoria plausível do dr. Lewis se tornaram insustentáveis quando mais duas vítimas de uma morte horrível e misteriosa foram oferecidas num sacrifício, pois um homem foi encontrado morto na pedreira de Llanfihangel, onde a mulher fora descoberta. E no mesmo dia uma adolescente de quinze anos foi encontrada despedaçada nas pedras recortadas sob os rochedos perto de Porth. Agora, ao que parecia, essas duas mortes deviam ter ocorrido mais ou menos ao mesmo tempo, com o intervalo de uma hora entre uma e outra, com certeza, e a distância entre a pedreira e os rochedos próximos a Black Rock é, sem dúvida, de trinta quilômetros.

— Um automóvel pode ser o responsável?— perguntou um homem.

Observou-se, porém, que não havia uma estrada principal entre os dois lugares. De fato, podia-se afirmar que não havia estrada alguma. Havia uma rede de veredas profundas, estreitas e tortuosas que desembocavam aleatoriamente umas nas outras de uma forma estranha por, digamos, quase vinte e oito quilômetros. Isso no centro, por assim dizer, entre Black Rock e a pedreira de Llanfihangel. Mas, para se chegar ao planalto dos rochedos, seria preciso tomar um caminho que atravessava três quilômetros de campos; e a pedreira se situa a um quilômetro e meio da estrada vicinal mais próxima, no meio de um terreno irregular forrado de tojos e samambaias. E, finalmente, não havia marcas de automóvel ou motocicleta nas veredas que teriam de ser tomadas para se ir de um local a outro.

— E por que não um avião? — perguntou o homem da teoria do automóvel. Bom, havia de fato um aeródromo não longe de um dos lugares das mortes. Mas, de certa maneira, ninguém acreditou que o corpo de aviação abrigasse um maníaco homicida. Parecia claro, portanto, que devia haver mais de uma pessoa envolvida no terror de Meirion. E o próprio dr. Lewis abandonou sua teoria.

— Como eu disse para o Remnant no clube — observou ele —, a improbabilidade é o guia da vida. Não posso crer que haja um bando de loucos, ou mesmo dois loucos, à solta no campo. Desisto.

E então uma nova circunstância, ou um novo conjunto de circunstâncias, tornou-se evidente para confundir qualquer opinião e dar origem a novas e disparatadas conjeturas. Pois por essa época as pessoas se deram conta de que nenhuma dessas terríveis ocorrências à volta delas era mencionada na imprensa. Falei antes do destino do *Meiros Observer*. Esse jornal foi proibido pelas autoridades porque incluíra um breve parágrafo sobre uma pessoa "encontrada morta em circunstâncias misteriosas". Creio que o parágrafo se referia à primeira morte na pedreira de Llanfihangel. A partir daí, um horror se seguiu a outro, mas palavra alguma foi impressa em qualquer jornal local. Os curiosos visitavam os escritórios do jornal — havia dois deles no condado — mas nada encontravam, a não ser uma firme recusa a se discutir o assunto. E os jornais de Cardiff eram recolhidos e encontrados em branco. A imprensa de Londres parecia ignorar o fato de que crimes sem paralelo aterrorizavam toda uma região rural. Todos se perguntavam o que teria acontecido, o que estava acontecendo. E então correu o rumor de que o magistrado não permitiria qualquer investigação dessas mortes sinistras.

— Em conseqüência das instruções recebidas do Ministério da Justiça — um magistrado teria dito —, devo dizer ao júri que sua tarefa será ouvir os indícios médicos e apresentar um veredicto imediatamente, em conformidade com esses indícios. Rejeitarei quaisquer investigações.

Um júri contestou. O primeiro jurado se recusou a apresentar qualquer veredicto.

— Muito bem — disse o magistrado. — Peço-lhe então licença para informá-los, senhor primeiro jurado, e os membros do júri, de que, segundo a Lei I da Defesa do Reino, tenho autoridade para substituir suas funções e para considerar um veredicto em conformidade com os indícios apresentados diante do tribunal como se fosse um veredicto do júri.

O primeiro jurado e o júri cederam e aceitaram o que não podiam evitar. Mas os rumores que correram a partir de tudo isso, em acréscimo ao conhecido fato de que o terror fora ignorado pela imprensa, sem dúvida por ordem oficial, aumentaram o pânico que agora se intensificava, e determinaram uma nova direção. Sem dúvida, as pessoas pensavam, as restrições e as proibições do governo só podiam se referir à guerra, a um grande perigo relacionado à guerra. E, sendo assim, resultava que as atrocidades, que deveriam permanecer em segredo, eram obra do inimigo, ou seja, de agentes alemães disfarçados.

4

A DIFUSÃO DO TERROR

Este é o momento, creio, de eu esclarecer um aspecto. Comecei esta história com algumas referências a um extraordinário acidente com um aviador cujo aparelho caiu ao solo após colidir com um enorme bando de pombos; e em seguida a uma explosão numa fábrica de munição no norte, uma explosão, como observei, de um tipo bastante singular. Depois abandonei as cercanias de Londres e do distrito do norte, e me detive numa misteriosa e terrível série de eventos ocorridos no verão de 1915 num condado galês, ao qual chamei, por conveniência, Meirion.

Bem, entenda-se de vez que todos esses detalhes que forneci acerca das ocorrências no condado de Meirion não indicam que o condado, situado no extremo oeste, fosse o único ou especialmente afligido pelo terror que se abatera sobre o país. Fui informado de que, nos vilarejos em redor de Dartmoor, os corajosos ânimos de Devonshire sucumbiram tal como os ânimos dos homens costumavam sucumbir em tempos de epidemia e pestilência. Havia também horror em redor de Norfolk Broads, e mais acima, perto de Perth, ninguém se aventurava no caminho que leva por Scone aos cumes cobertos de florestas de Tay. E, nos distritos industriais, um dia encontrei por acaso um homem, numa esquina de Londres, que falou com horror sobre o que um amigo lhe contara.

— Não me pergunte nada, Ned — disse-me ele —, mas te conto que noutro dia eu tava em Bairnigan e encontrei um sujeito que tinha visto três caixões saindo de uma fábrica não muito longe de lá.

E depois o navio que flutuava a uma certa distância da foz do Tâmisa com todas as velas içadas bordejou de um lado para outro ao sabor do vento e jamais respondeu a qualquer chamado nem exibiu qualquer luz! As fortalezas se chocaram contra ele e derrubaram um dos mastros, mas de súbito ele girou à força de uma mudança de vento, à mercê do qual uma vela ainda estava, em seguida virou em roda pelo canal e por fim se dirigiu para os bancos de areia e os pinheirais de Arcachon, sem um só homem vivo a bordo, apenas montes de ossos que se sacudiam ruidosamente! A última viagem do *Semiramis* era uma história horrível que merecia ser contada, mas a ouvi apenas por acaso, como uma espécie de lorota, e só acreditei nela porque se ajustava a outras coisas das quais eu tinha certeza.

Esta, pois, é a questão. Escrevi sobre o terror tal como ele se abateu sobre Meirion apenas porque tive a oportunidade de chegar perto do que de fato aconteceu. Quanto aos outros locais, obtive informações de terceira, quarta ou quinta mão. Nos arredores de Porth e Merthyr Tegveth, porém, conversei com pessoas que viram as pegadas do terror com seus próprios olhos.

Bem, eu disse que as pessoas desse distante condado ocidental se deram conta não só de que a morte se espalhava por todas as suas tranquilas veredas e sobre suas colinas serenas mas também de que, por algum motivo, tinha de ser mantida em segredo. Os jornais não publicavam qualquer notícia a respeito, os próprios jurados encarregados de investigá-la não estavam autorizados a realizar qualquer investigação. Desse modo, concluiu-se que este véu de segredo devia estar, de algum modo, relacionado à guerra; e, a partir dessa posição, não se estava muito longe de fazer mais uma inferência: a de que os assassinos de homens e mulheres inocentes eram alemães ou agentes da Alemanha. Era típico dos alemães, todos concordavam, cogitar tal plano diabólico; e eles sempre cogitaram planos com antecipação. Esperavam tomar Paris em poucas semanas, mas, quando foram derrotados no Marne, já estavam preparados para abrir trincheiras no Aisne: tudo havia sido pensado anos antes da guerra. E portanto, sem dúvida, conceberam esse terrível plano contra a Inglaterra, para o caso de não conseguirem derrotar os ingleses em combates abertos: havia pessoas preparadas, muito provavelmente em todo o país, dispostas a matar e destruir em toda parte assim que recebessem a notícia. Dessa maneira os alemães tinham a intenção de semear o terror em todo o território inglês e encher nossos corações de pânico e desalento, na esperança de assim enfraquecer o inimigo no próprio país para que perdesse toda a disposição de lutar na guerra no exterior. Era a idéia do Zepelim, sob outra forma; cometiam essas atrocidades horríveis e misteriosas pensando em nos apavorar até chegarmos à loucura completa.

Tudo parecia bastante plausível. A Alemanha havia, nessa época, perpetrado tantos horrores e havia se sobressaído de tal maneira em engenhosidades diabólicas que nenhuma abominação parecia demasiado abominável para ser provável, ou demasiado perversa para estar além da desonesta malignidade dos alemães. Mas, então, surgiram as questões de quem seriam os agentes desse terrível plano, de onde teriam vindo, de como conseguiriam se movimentar despercebidos de um campo para outro, de uma vereda para outra.

Fizeram-se tentativas de todos os tipos para esclarecer essas questões, mas pressentia-se que permaneciam não esclarecidas. Alguns sugeriram que os assassinos chegaram de submarino, ou voaram de esconderijos na costa oeste da Irlanda, chegando e partindo à noite. Havia, porém, impossibilidades flagrantes nessas duas sugestões. Todos concordavam que os atos malignos eram, sem dúvida, obra da Alemanha, mas ninguém era capaz de ter uma idéia de como foram perpetrados. Alguém no clube perguntou a Remnant qual era sua teoria.

— A minha teoria — disse essa pessoa sincera — é que o progresso humano é apenas uma longa marcha de uma coisa inconcebível a outra. Veja, por exemplo, aquele nosso avião que sobrevoou Porth ontem: dez anos atrás, esta seria uma visão inconcebível. Tome, como exemplo, a máquina a vapor, a impressão, a teoria da gravidade: eram todas inconcebíveis até que alguém pensou nelas. De modo que é, sem dúvida, dessa trapaçaria infernal que estamos falando: os alemães a encontraram, e nós não; aí é que está. Não conseguimos conceber como as pobres dessas pessoas foram assassinadas, porque para nós o método é inconcebível.

O clube ouviu este elevado argumento com uma certa estupefação. Depois que Remnant se retirou, um membro disse:

— Eis um homem extraordinário.

— Sim — retrucou o dr. Lewis. — Perguntaram-lhe se ele sabia de alguma coisa. E a resposta dele de fato se resumiu a: — Não, não sei. Mas nunca ouvi isso ser tão bem colocado.

Foi, creio, por volta dessa época, quando as pessoas quebravam a cabeça para divisar os métodos secretos usados pelos alemães, ou por seus agentes, para cometer seus crimes, que uma circunstância bastante singular se tornou conhecida de algumas pessoas de Porth. Relacionava-se ao assassínio da família Williams na Estrada Mestra, em frente da porta do chalé. Não sei se deixei claro que a estradinha velha, estreita e tortuosa chamada Estrada Mestra, segue o curso de uma longa colina íngreme que se estende reta para oeste até o ponto em que se inclina e desce na direção do mar. Nos dois lados da estrada, o terreno declina, ali adentro de um bosque denso e sombrio, acolá adentro de pastagens elevadas, de quando em quando adentro de um trigal, mas, na maioria das vezes, adentro de um terreno selvagem e irregular característico de Arfon. Os campos são extensos e estreitos, subindo a costa da colina íngreme; despencam repentinamente em depressões e cavidades, uma nascente se situa no centro de um deles e densos freixos e abrolhos a resguardam, sombreando-a; e embaixo deles o solo é forrado de canas e juncos. E em seguida podem surgir, nos dois lados desse campo, terrenos que reluzem com densos grupos de samambaias, desiguais com tojos e irregulares com matas de abrunheiros, líquens verdes pendendo estranhamente dos ramos. São assim as terras nos dois lados da Estrada Mestra.

Agora, nos declives inferiores da Estrada Mestra, abaixo do chalé da família Williams, uns três ou quatro campos abaixo da colina, há um acampamento militar. O lugar tem sido usado como acampamento há muitos anos e, recentemente, expandiram-se as instalações e erigiram-se cabanas. Mas um grande número de homens se abrigava em barracas no verão de 1915.

Na noite do assassínio da Estrada Mestra, esse acampamento, como pareceu mais tarde, foi cenário do extraordinário pânico de cavalos.

Um bom número de homens no acampamento dormia nas barracas logo depois das 9h30, quando soou o último toque de recolher. Acordaram em pânico. Houve um som ribombante na encosta da colina acima deles, e na direção das barracas se precipitava uma meia dúzia de cavalos, tomados de pavor, atropelando as barracas, atropelando os homens, ferindo inúmeros deles e matando dois.

Tudo mergulhou numa confusão desenfreada, homens gemendo e gritando na escuridão, debatendo-se com a lona das barracas e as cordas torcidas, berrando alguns deles, homens bastante duros, que os alemães haviam desembarcado, outros limpando o sangue dos olhos, alguns, despertados de repente do sono, esmurrando uns aos outros, oficiais acorrendo e vociferando ordens para os sargentos, um grupo de soldados que acabavam de voltar ao acampamento, vindos do vilarejo, apavorados com o que mal conseguiam ver ou distinguir, com a impetuosidade da gritaria, do praguejamento e dos gemidos que não eram capazes de compreender, tornando a fugir do acampamento e correndo de volta para o vilarejo para salvar suas vidas: tudo na mais louca confusão de uma desordem desvairada.

Alguns dos homens viram os cavalos galopando colina abaixo como se o próprio terror os conduzisse. Dispersaram-se nas trevas e de um modo ou de outro encontraram o caminho de volta na noite ao pasto acima do acampamento. Lá estavam pastando serenamente de manhã, e o único sinal do pânico da noite anterior era a lama que lhes cobrira o corpo ao correrem por um terreno encharcado. O lavrador disse que eles formavam um bando tão tranqüilo quanto qualquer outro em Meirion. Não era capaz de compreender o ocorrido.

— Pra falar a verdade — disse —, acho que devem ter visto o diabo em pessoa, pra se assustarem desse jeito: salve-se quem puder!

Agora, tudo isso foi mantido em segredo na época em que aconteceu. Chegou ao conhecimento dos homens do Porth Club nos dias em que estavam discutindo a difícil questão das atrocidades alemãs, como passaram a chamar os assassínios. E essa debandada dos cavalos da fazenda foi vista por alguns como o indício do extraordinário e inaudito caráter da temível agência que estava atuando. Um dos membros do clube soubera, através de um oficial que estava no acampamento na hora do pânico, que os cavalos que se lançaram na fuga desordenada se achavam numa perfeita fúria de pavor, que ele jamais vira cavalos em tal estado, e, portanto, havia uma interminável especulação quanto à natureza da visão ou do som que levara meia dúzia de animais tranqüilos a uma loucura desenfreada.

Então, enquanto prosseguiam essas discussões, dois ou três outros incidentes, também estranhos e incompreensíveis, tornaram-se conhecidos, aventados em casuais boatos que chegavam aos vilarejos originados de fazendas em terras distantes, ou que foram espalhados por moradores do campo que perambulavam em Porth no dia de feira com uma ou duas galinhas e ovos e plantas; fragmentos de conversa ouvidos por empregados de gente do campo e repetidos para as patroas. E isso se tornou público de tal maneira que no norte, em Plas Newydd, houve um caso espantoso em torno de um enxame de abelhas. Elas se tornaram tão enfurecidas quanto vespas, e mais ferozes ainda. Investiram feito nuvem contra pessoas que enfrentaram o enxame. Pousaram no rosto de um homem de tal modo que não se distinguia entre a carne e as abelhas que se aglomeravam sobre ele, e o ferroaram tão gravemente que o médico não sabia ao certo se ele ficaria curado; e perseguiram uma garota que aparecera para ver o enxame, e nela pousaram e a ferroaram até matá-la. Depois debandaram para um matagal abaixo da fazenda e lá se alojaram numa árvore oca, e não era seguro chegar perto, porque saíam e atacavam quem o fizesse, dia e noite.

A mesmíssima coisa aconteceu, ao que parece, em outras três ou quatro fazendas e chalés onde se criavam abelhas. E houve histórias, de modo algum tão óbvias ou tão verossímeis, de cães pastores, animais afáveis e fiéis, que se tornaram tão ferozes quanto lobos e feriram os rapazes da fazenda de uma maneira horrenda — num caso, conta-se, com conseqüências fatais. Era, sem dúvida, verdadeiro que o velho e predileto galo *brahma-dorking* da sra. Owen havia enlouquecido. Ela chegou ao Porth Club, um sábado de manhã, com o rosto e o pescoço enfaixados e emplastrados. Tinha ido ao terreiro alimentar as aves domésticas na noite anterior e o galo voou sobre ela e a atacou ferozmente, infligindo graves ferimentos antes que ela conseguisse fugir.

— Eu tinha uma vara à mão, pra minha sorte — explicou —, e bati e bati nele até ele parar de respirar. Mas o que é que tá acontecendo com este mundo?

Agora, Remnant, o homem das teorias, era também um homem de ociosidade extrema. Julgava-se que ele tivera êxito em acumular grandes recursos quando ainda bastante jovem, e, depois de experimentar os sabores da lei, por assim dizer, por uma meia dúzia de períodos na diretoria do Middle Temple, ele concluiu que seria insensato se ocupar com a aprovação de exames para uma profissão que ele não tinha a menor intenção de praticar. De modo que se fez de surdo para o chamado de "Manjar" que ecoava no Tribunal de Temple e se pôs a vaguear agradavelmente pelo mundo. Tinha percorrido toda a Europa, tinha dado uma olhada na África e tinha até mesmo espiado pela porta do Oriente, numa viagem que incluíra as ilhas da Grécia e Constantinopla. Agora que estava chegando ao meado da casa dos cinqüenta anos, estabeleceu-se em Porth, a bem, como ele disse, da corrente do Golfo e das sebes de fúcsia, e passava o tempo com os livros, as teorias e os mexericos do local. Não era mais bruto do que o público em geral, que se deleita com detalhes de crimes misteriosos. Mas devo dizer que o terror, embora tétrico, para ele era uma dádiva. Ele examinava, investigava e bisbilhotava com a satisfação de um homem a cuja vida um novo gosto fora acrescentado. Escutava com atenção as estranhas histórias de abelhas, cães e aves domésticas que chegavam do campo a Porth junto com as cestas de manteiga, coelhos e ervilhas. E por fim elaborou uma extraordinária teoria.

Tomado por essa descoberta, como a considerava, foi uma noite visitar o dr. Lewis para apresentar seu ponto de vista sobre o assunto.

— Gostaria de conversar com você — disse Remnant para o médico — sobre o que chamei, provisoriamente, raio Z.

5

O INCIDENTE DA ÁRVORE DESCONHECIDA

O dr. Lewis, sorrindo com indulgência, e bem preparado para uma prodigiosa teorização, conduziu Remnant até uma sala que dava vista para o jardim construído em terraços e para o mar.

A casa do médico, embora a apenas uma caminhada de dez minutos do centro da cidade, parecia ficar afastada de todas as outras habitações. O caminho que levava até ela, a partir da estrada, subia por entre um profundo arvoredo e um denso matagal, árvores se erguiam nos dois lados da casa, mesclando-se com os bosquetes adjacentes; abaixo, o jardim descia, terraço após terraço verdejante, até uma vegetação silvestre, uma vereda tortuosa entre rochas avermelhadas e, por fim, até a areia amarelada de uma pequena angra. A sala, à qual o médico levara Remnant, dava para esses terraços, para o mar e, além, para os limites indistintos da baía. Havia janelas de batente, que estavam escancaradas, e os dois homens se sentaram à luz suave do lampião — era antes dos severos regulamentos de iluminacão no extremo oeste — e se deleitaram com os doces odores e a doce vista do anoitecer de verão. Depois Remnant começou:

— Suponho, Lewis, que ouviu essas histórias extraordinárias de abelhas e cães e coisas que têm ocorrido por aí recentemente.

— Claro que as ouvi. Fui chamado a Plas Newydd, para tratar do Thomas Trevor, que, aliás, já está fora perigo. Fiz o atestado da pobre menina, Mary Trevor. Ela estava agonizando quando cheguei ao local. Não há dúvida de que foi ferroada mortalmente por abelhas, e acredito que houve outros casos bastante semelhantes em Llantarnam e Morwen. Nenhum fatal, creio. O que é que há acerca dessas histórias?

— Bom, há também as histórias de velhos cães pastores de bom gênio que se tornam maus e "atacam ferozmente" crianças, não é?

— Sim. Não testemunhei nenhum desses casos profissionalmente, mas acredito que as histórias são bastante precisas.

— E a velha que foi atacada pelo galo?

— Absolutamente verdadeiro. A filha dela tratou o rosto e o pescoço com medicamento caseiro e depois me procurou. Os ferimentos pareciam estar se curando, daí que eu lhe disse que continuasse com o tratamento, fosse lá o que fosse.

— Muito bem — disse o sr. Remnant. Falava agora com uma ênfase impressionante. — *Não percebe a ligação entre tudo isso e as coisas horríveis que têm acontecido por aqui neste último mês?*

Lewis olhou para Remnant com espanto. Ergueu as sobrancelhas ruivas e as abaixou numa espécie de carranca. Sua fala revelava vestígios do sotaque nativo.

— Magnífico! — exclamou. — Mas onde é que você quer chegar agora? Isso é maluquice. Está querendo me dizer que acha que há alguma ligação entre um ou dois enxames de abelhas que foram graves, um cão raivoso e um velho galo de fazenda malvado e aqueles pobres coitados que foram atirados penhasco abaixo e golpeados até a morte na estrada? Isso não faz sentido, como você sabe.

— Estou propenso a acreditar que isso faz muito sentido —

retrucou Remnant, com extraordinária serenidade. — Olhe aqui, Lewis, vi você dando um sorriso bem largo outro dia no clube quando eu estava dizendo para os colegas que, na minha opinião, todas essas atrocidades tinham sido cometidas, com certeza, pelos alemães, mas com um método do qual não temos idéia. Mas o que eu quis dizer, quando falei acerca das coisas inconcebíveis, foi exatamente o seguinte: que a família Williams e os demais foram assassinados de uma forma que não é, de modo algum, uma suposição, não na nossa suposição, seja como for, uma forma que não consideramos, não pensamos nem sequer por um instante. Percebe onde quero chegar?

— Bom, de certa maneira. Você quer dizer que há uma originalidade absoluta no método? Creio que seja isso. Mas, e daí?

Remnant pareceu titubear, em parte devido a uma sensação da natureza pressagiosa do que tinha a dizer, em parte devido a uma espécie de relutância em revelar um segredo tão profundo.

— Bem — disse —, você haverá de reconhecer que dois conjuntos de fenômenos de um tipo muito especial ocorreram ao mesmo tempo. Não acha que é sensato ligar os dois conjuntos um com o outro?

— Então o filósofo do campanário de Tenterden e o de Goodwin Sands pensaram: com certeza? Lewis respondeu. — Mas qual é a ligação? Os coitados da Estrada Mestra não foram picados por abelhas ou atormentados por um cão. E cavalos não atiram pessoas de cima de um penhasco nem as afogam em pântanos.

— Não. Eu jamais quis sugerir nada assim tão absurdo. Para mim está claro que, em todos esses casos de animais que de repente se tornaram selvagens, a causa foi o terror, o pânico, o medo. Os cavalos que desembestaram pelo acampamento adentro estavam apavorados de medo, sabemos disso. E eu digo que, nos outros exemplos sobre os quais conversamos, a causa foi a mesma. As criaturas estiveram expostas a um contágio de medo, e um animal apavorado, ou uma ave ou um inseto, usa as armas de que dispõe, sejam elas quais forem. Se, por exemplo, tivesse tido alguém com aqueles cavalos no momento em que entraram em pânico, eles o teriam escoiceado.

— Sim, acho provável que assim seria. E daí?

— Bom, na minha opinião, os alemães fizeram uma descoberta extraordinária. Eu a chamo raio Z. Você sabe que o éter é simplesmente uma hipótese. Temos de supor que ele existe para explicar a passagem da corrente de Marconi de um local para outro. Agora, suponha que exista um éter psíquico, além de um éter material, suponha que seja possível conduzir impulsos irresistíveis através desse meio, suponha que esses impulsos estejam voltados para o homicídio ou o suicídio. Então creio que você terá uma explicação para a terrível série de incidentes que têm ocorrido nas últimas semanas. E a meu ver está bastante claro que os cavalos e as outras criaturas estiveram expostos a esse raio Z, e que este produziu neles o efeito do terror, sendo a ferocidade o resultado do terror. Então, o que me diz quanto a isso? A telepatia, como você sabe, está bem estabelecida. A sugestão hipnótica também. Basta consultar a *Enciclopédia Britânica* para constatar isso, e a sugestão é tão forte em alguns casos a ponto de ser um imperativo irresistível. Agora, não acha que, pondo a telepatia e a sugestão hipnótica juntas, por assim dizer, a gente obtém mais do que os elementos do que eu chamo raio Z? Acredito, cá comigo, que tenho mais a aprender para elaborar a minha hipótese do que o inventor da máquina a vapor teve para elaborar a hipótese dele quando viu a tampa da chaleira subir e descer. O que é que me diz?

O dr. Lewis não respondeu. Estava observando o crescimento de uma nova e desconhecida árvore no jardim.

O médico não respondeu à pergunta de Remnant. Em primeiro lugar, Remnant esbanjara eloqüência — condensara rigorosamente a história — e Lewis se cansara do som de sua voz. Em segundo lugar, julgou a teoria do raio Z um tanto extravagante demais para ser tolerável, desarrazoada o bastante para esgotar a paciência. E depois, à medida que a argumentação prosseguia, Lewis se deu conta de que havia algo estranho naquela noite.

Era uma escura noite de verão. A Lua estava velha e débil sobre o Dragon's Head do outro lado da baía, e o ar estava parado. Estava tão parado que Lewis percebeu que nem uma folha sequer tremulava na extremidade de uma árvore alta que se erguia contra o céu. E, no entanto, estava consciente de que ouvia um som que não era capaz de precisar ou definir. Não era o vento nas folhas, não era o suave embate das águas do mar contra as pedras. Esse som ele era capaz de distinguir perfeitamente. Mas havia algo mais. Quase que não era um som. Era como se o próprio ar vibrasse e flutuasse, assim como vibra o ar numa igreja quando se abrem os enormes tubos do órgão de pedal.

O médico escutou com atenção. Não era uma ilusão, o som não saía de sua própria cabeça, como por um momento suspeitara. Mas não conseguia perceber de onde vinha ou o que era. Fitou noite adentro acima dos terraços do jardim, agora doce com o perfume das flores da noite. Tentou enxergar por sobre a copa das árvores o mar distante na direção de Dragon's Head. Ocorreu-lhe de súbito que essa estranha vibração adejante do ar poderia ser o barulho de um avião ou dirigível distante. Não havia o zumbido habitual, porém esse som poderia ser causado por um novo tipo de motor. Um novo tipo de motor? Provavelmente era um avião inimigo. O raio de ação das aeronaves inimigas, dizia-se, estava se ampliando. E Lewis estava para chamar a atenção de Remnant para o som, para a possível causa, e para o possível perigo que estaria pairando sobre eles, quando avistou algo que lhe tirou o fôlego e lhe fez o coração palpitar com um impetuoso assombro e um toque de terror.

Estava olhando para o alto, céu adentro, e, a ponto de falar com Remnant, baixou o olhar por um instante. Olhou para baixo na direção das árvores no jardim e viu, num total espanto, que a forma de uma delas havia se alterado nas poucas horas que se passaram desde o pôr-do-sol. Havia um denso azinhal no limite do último terraço e, acima dele, elevava-se um alto pinheiro, espalhando a copa de galhos esparsos e escuros, negros contra o céu.

Quando olhou para os terraços embaixo, Lewis notou que o elevado pinheiro não estava mais lá. No lugar dele, erguia-se acima dos azinheiros o que devia ter sido um azinheiro ainda maior; havia a negrura de uma densa folhagem se erguendo acima das árvores menores como uma vasta e expansiva nuvem arredondada.

Ali estava, pois, uma visão inteiramente inacreditável, impossível. Não se sabe ao certo se o processo da mente humana, num caso como esse, foi alguma vez analisado e registrado.

O terror

Não se sabe ao certo se alguma vez poderá ser registrado. Nem será justo envolver nisso o matemático, uma vez que ele lida com a verdade absoluta (na medida em que o mortal pode conceber a verdade absoluta). Mas como se sentiria um matemático se de repente se visse confrontado com um triângulo de dois lados? Creio que ficaria imediatamente enfurecido. E Lewis, fitando com um olhar cada vez mais desvairado a treva e uma árvore em expansão que sua própria experiência lhe dizia que não estava lá, sentiu por um instante o choque que nos afrontaria quando nos déssemos conta da antinomia entre Aquiles e a Tartaruga. O bom senso nos diz que Aquiles ultrapassará a Tartaruga quase que com a velocidade do relâmpago. A inflexível verdade dos matemáticos nos garante que, até que a Terra ferva e os Céus deixem de ser firmes, a Tartaruga deve ainda estar à frente. E, portanto, devemos, por uma generosidade em comum, enlouquecer. Não enlouquecemos, porque, por uma graça especial, certificamo-nos de que, no decisivo tribunal de apelação, toda ciência é uma mentira, mesmo a mais elevada de todas as ciências. De modo que simplesmente rimos de Aquiles e da Tartaruga, assim como rimos de Darwin, zombamos de Huxley e caçoamos de Herbert Spencer.

O dr. Lewis não riu. Lançou um olhar penetrante na obscuridade da noite, na enorme árvore que se expandia e que, ele sabia, não poderia estar lá. E, enquanto olhava atentamente, viu que o que antes parecia uma densa negrura de folhagem estava ornada com admiráveis luzes e cores em forma de estrelas.

Posteriormente ele me disse:

— Eu me lembro de ter pensado comigo mesmo: Olhe aqui, não estou delirando. A minha temperatura está perfeitamente normal. Não estou embriagado. Tomei apenas uma caneca de cerveja Graves durante o jantar, faz três horas. Não comi nenhum cogumelo venenoso. Não tomei nenhum *Anhelonium Lewinii* experimentalmente. Então, o que é que há? O que está acontecendo?

O céu noturno estava carregado. Nuvens ocultavam a Lua pálida e as estrelas indistintas. Lewis se levantou, com uma espécie de gesto de alerta e restrição para Remnant, que, ele estava ciente disso, olhava-o com espanto. Caminhou até a janela de batente, avançou um passo até o caminho lá fora e olhou, com muita atenção, para a escura forma da árvore, para os terraços do jardim embaixo, para as ondas que quebravam nas pedras além. Obliterou a luz do lampião atrás de si pondo as mãos em cada lado dos olhos.

O vulto da árvore — a árvore que não poderia estar lá — erguia-se contra o céu, mas não claramente, agora que as nuvens tinham se acumulado. Suas bordas, os limites da folhagem, não eram tão precisas. Lewis pensou que podia detectar nela uma certa tremulação, embora o ar estivesse parado. Era uma noite em que se podia erguer um fósforo aceso e vê-lo queimar sem que houvesse qualquer tremor ou inclinação da chama.

— Você sabe — disse Lewis — que um pedaco de papel queimado às vezes se detém sobre os carvões antes de subir pela chaminé, e que pequenos vermes de fogo se projetam no ar. Foi assim, de uma certa distância. Só fragmentos e fiapos de luz amarela que eu vi, e partículas e centelhas de fogo, e depois um bruxuleio da cor de um rubi não maior do que uma ponta de alfinete, e um verde vagueando no negror, como se uma esmeralda estivesse engatinhando, e depois pequenas veias de um azul carregado. Puxa vida!, exclamei para mim em galês, o que são essas cores todas e essa queimação? E então, naquele mesmo instante, soou uma batida estrondosa na porta da sala e por ela entrou meu assistente, dizendo que precisavam de mim com urgência em Garth, porque o velho sr. Trevor Williams estava passando muito mal. Eu sabia que o coração dele estava bastante fraco, de modo que tive de partir sem demora e deixar Remnant encontrar sozinho uma solução para o que ocorria.

6

O RAIO Z DO SR. REMNANT

O dr. Lewis se deteve em Garth por um tempo relativamente longo. Passava da meia-noite quando voltou para casa. Dirigiu-se logo para a sala que sobranceava o jardim e o mar, escancarou a janela de batente e espiou na escuridão. Lá, bastante obscurecido contra o obscurecido céu, mas inequívoco, estava o alto pinheiro de galhos esparsos, elevando-se bem acima das densas copas dos azinheiros. Os estranhos ramos que lhe causaram assombro haviam desaparecido. Não havia agora qualquer manifestação de cores ou chamas.

Levou a cadeira até a janela aberta e se sentou, fitando e inspecionando a distância da noite, até que a claridade surgiu no mar e no céu e as formas das árvores no jardim foram se tornando nítidas e visíveis. Ele, por fim, se deitou na cama tomado de uma enorme perplexidade, ainda se fazendo perguntas para as quais não havia respostas.

O médico não contou para Remnant acerca da estranha árvore. Quando tornaram a se encontrar, Lewis disse que pensara que havia um homem escondido entre os arbustos — isso para explicar o gesto de alerta que fizera e o fato de ter saído para o jardim e fitado dentro da noite. Ocultou a verdade porque temia ouvir a doutrina de Remnant, que sem dúvida seria apresentada. Com efeito, esperava jamais tornar a ouvir a teoria do raio Z. Mas Remnant retomou com firmeza o assunto.

— Fomos interrompidos justamente na hora em que eu estava expondo meu argumento para você — disse. — E, para resumi-lo, é o seguinte: os alemães "deram um dos grandes saltos da ciência. Estão enviando sugestões" (que equivalem a ordens irresistíveis) a esta região, e as pessoas atingidas são tomadas por uma mania suicida ou homicida. As pessoas que morreram ao caírem dos rochedos ou da pedreira provavelmente cometeram suicídio. O mesmo ocorreu com o homem e o rapaz que foram encontrados no pântano. Quanto ao caso da Estrada Mestra, você se lembra de que Thomas Evans disse que ele parou e conversou com o Williams na noite do assassínio. Na minha opinião, Evans foi o assassino. Ele se viu sob a influência do raio, transformou-se num maníaco homicida num instante, arrancou a pá da mão do Williams e o matou e os demais.

— Quem encontrou os corpos na estrada fui eu.

— É possível que o primeiro impacto do raio produza uma violenta excitação nervosa, que se manifestaria externamente. O Williams pode ter chamado a mulher para sair e ver o que estava acontecendo com o Evans. Os filhos teriam naturalmente seguido a mãe. Para mim me parece simples. E quanto aos animais, os cavalos, os cães e assim por diante, eles, como eu disse, estavam sem dúvida tomados de pânico por causa do raio, e, portanto, foram levados ao frenesi.

— Por que o Evans mataria o Williams em vez de o Williams matar o Evans? Por que o impacto do raio se faria sentir sobre um e não sobre o outro?

— Por que um homem reage violentamente a uma determinada droga, ao passo que ela não exerce qualquer efeito sobre um outro homem? Por que Fulano é capaz de beber uma garrafa de uísque e permanecer sóbrio, enquanto Beltrano se transforma numa espécie de louco depois de tomar três copos?

— É uma questão de idiossincrasia — o médico retrucou.

— É "idiossincrasia" o equivalente grego para "não sei"? — perguntou Remnant.

— De modo algum — respondeu Lewis, sorrindo afavelmente.

— Quero dizer que, em alguma diátese, o uísque, já que você mencionou uísque, parece não ser patogênico, ou, de qualquer modo, não imediatamente patogênico. Em outros casos, como você observou com razão, parece haver uma acentuada caquexia associada à exposição da bebida alcoólica em questão, mesmo em doses relativamente pequenas.

Sob essa nuvem de verborragia profissional, Lewis escapou do clube e de Remnant. Não queria ouvir nada mais a respeito do terrível raio, porque estava certo de que o raio era puro contra-senso. Mas, perguntando-se porque se julgava tão convencido quanto ao assunto, teve de confessar que não sabia. Um avião, ponderou ele, era puro contra-senso antes de ter sido inventado; e ele se lembrava de, no início da década de 90, ter conversado com um amigo sobre os recém-descobertos raios X. O amigo riu de incredulidade, decerto não acreditou em nenhuma palavra, até que Lewis lhe disse que havia um artigo sobre o assunto no último número da *Saturday Review*. Ao que o incrédulo retrucou: "Ah, é mesmo? Ah, realmente. *Entendo*", e na mesma hora se converteu à fé do raio X. Lewis, recordando-se dessa conversa, admirou-se dos estranhos processos da mente humana, seu ilógico e contudo arrebatador *ergos*, e se perguntou se ele mesmo não estaria aguardando um artigo sobre o raio Z na *Saturday Review* para se tornar num devoto crente da doutrina de Remnant.

Mas perguntou a si mesmo com um fervor ainda maior quanto à extraordinária coisa que vira em seu próprio jardim com seus próprios olhos. A árvore, cuja forma mudara por uma ou duas horas à noite, o crescimento de estranhos ramos, a aparição de fogos secretos entre eles, o fulgor de luzes de esmeralda e rubi: como não sentir temor com grande assombro diante do pensamento de um tal mistério?

Os pensamentos do dr. Lewis foram desviados da inacreditável aventura pela visita da irmã e do marido desta. O sr. e a sra. Merritt moravam numa conhecida cidade industrial do centro da Inglaterra, que era agora, claro, um centro de fabricação de munições. No dia em que chegaram a Porth, a sra. Merritt, cansada da longa viagem num clima quente, recolheu-se cedo, e Merritt e Lewis foram para a sala pegada ao jardim para conversar e fumar. Falaram do ano que se passara desde que se encontraram pela última vez, da guerra que se arrastava exaustivamente, dos amigos que morreram em conseqüência dela, da desesperança de que todo esse sofrimento logo terminasse. Lewis nada disse acerca do terror que assolava a região. Não se deve receber com uma história de horror um homem cansado, que chega a um lugar tranqüilo e ensolarado para se aliviar da fumaça negra, do trabalho e da preocupação. De fato, o médico notou que o cunhado não parecia bem de modo algum. Parecia "nervoso". Havia na boca um ocasional espasmo do qual Lewis não gostou nem um pouco.

— Bem — disse o médico, depois de um intervalo de silêncio e vinho do Porto. — Estou contente de vê-lo aqui de novo. Porth sempre é bom para você. Não acho que esteja com a melhor das aparências. Mas três semanas do ar de Meirion lhe farão maravilhas.

— Bom, espero que sim — respondeu o outro. — Eu não estou lá muito bem. As coisas não estão correndo bem em Midlingham.

— O negócio vai bem, não?

— Sim. O negócio vai bem. Mas há outras coisas que só dão erradas. Estamos vivendo sob um reino de terror. Chega a este ponto.

— Mas o que é que você quer dizer com isso?
— Bom, acho que para você eu posso contar, sei disso. Não é muita coisa. Achei que era melhor nem escrever. Mas você sabe que em toda fábrica de munições, em Midlingham, e nas cercanias de todas elas, há uma guarda de soldados com baionetas e rifles carregados dia e noite? Homens com bombas também. E metralhadoras nas fábricas maiores.
— Espiões alemães?
— Lewis, ninguém usa armas para lutar contra espiões. Nem bombas. Nem um pelotão de homens. Acordei ontem de noite. Era a metralhadora na fábrica de veículos militares de Benington. Disparando como fúria. E depois bangue! Bangue! Eram as granadas.
— Mas contra o quê?
— Ninguém sabe.
— Ninguém sabe o que está acontecendo — Merritt repetiu, e prosseguiu descrevendo a perplexidade e o terror que pairavam como nuvens sobre a grande cidade industrial no centro da Inglaterra, de que modo o sentimento de encobrimento, de algum intolerável perigo secreto que não deveria ser nomeado, era o que havia de pior. — Um sujeito jovem que conheço — disse ele — tinha recebido uma breve dispensa da frente de combate e passou o período de licença com os familiares em Belmont, que fica a uns seis quilômetros de Midlingham, como você sabe. Ele me disse: "Graças a Deus que estou voltando amanhã. É tolice dizer que as linhas de entrincheiramento de Wipers são agradáveis, porque não são. Mas é uma vista melhor do que esta aqui. Na frente de batalha pelo menos você sabe contra o quê está lutando". Em Midlingham todo o mundo tem a sensação de que está contra uma coisa horrível mas não sabe o que é. É isso que faz as pessoas se disporem ao boato. Há terror no ar.

Merritt traçou uma espécie de retrato da grande cidade se encolhendo de medo de um perigo desconhecido.

— As pessoas têm medo de sair sozinhas à noite nos arredores. Reúnem-se em grupos nas estações para ir para casa juntas, se já está escuro ou se há trechos desolados no caminho.
— Mas por quê? Não entendo. Do que é que têm medo?
— Bom, eu lhe contei que acordei uma noite com os disparos das metralhadoras na fábrica de veículos militares, e com as bombas

explodindo e fazendo um barulho terrível. Esse tipo de coisa assusta a gente, você sabe. É uma coisa natural.

— De fato, deve ser assustador. Você quer dizer então que há uma atmosfera de nervosismo geral, uma vaga espécie de apreensão que leva as pessoas a se juntarem?

— Tem isso, e tem mais. Tem gente que partiu e nunca mais voltou. No trem para Holme havia dois homens, discutindo qual era a maneira mais rápida de chegarem a Northend, um lugar afastado de Holme onde os dois moravam. Discutiram o trajeto todo desde que saíram de Midlingham, um afirmando que a estrada principal era o caminho mais rápido, apesar de ser o mais longo. Ele falou: "É o mais rápido de ir porque é o mais desimpedido". O outro sujeito era a favor de um atalho pelos campos, junto do canal. "É a metade da distância", explicou. "Sim, se não se perder", o outro retrucou. Bom, parece que deixaram a questão como estava, e cada um ia tentar seguir seu próprio caminho quando descessem do trem. Combinaram de se encontrar no Waggon, em Northend. "Vou chegar no Waggon primeiro", disse o homem que era a favor do atalho, e com essa decisão saltou a cerca e seguiu pelo campo adentro. Não era muito tarde para estar escuro, e muita gente achou que ele iria ganhar a aposta. Mas ele jamais apareceu no Waggon, ou em qualquer outra parte.

— O que aconteceu com ele?

— Foi encontrado estirado no meio de um campo, a pouca distância do caminho. Estava morto. Os médicos disseram que foi asfixiado. Ninguém sabe como. Depois houve outros casos. Correm boatos sobre eles em Midlingham, mas temos medo de falar abertamente.

Lewis estava ruminando tudo isso profundamente. Terror em Meirion e terror longe dali, no coração da Inglaterra. Mas em Midlingham, tanto quanto entendia dessas histórias de soldados de guarda, de disparos de metralhadoras, era um caso de ataque organizado contra o municionamento do exército. Sentiu que não tinha conhecimento suficiente para justificar a conclusão de que o terror de Meirion e o de Stratfordshire eram o mesmo.

Então Merritt prosseguiu:

— Corre uma história bizarra, quer dizer, quando as portas estão fechadas e as cortinas estão cerradas, que se refere a um lugar remoto do campo, do outro lado de Midlingham, no lado oposto a Dunwich. Foi lá que construíram uma nova fábrica, uma enorme cidade de barracos de tijolos vermelhos, segundo me disseram, com uma chaminé gigantesca. Foi concluída há não mais do que um mês ou seis semanas. Assentaram-na bem no meio dos campos, ao lado da ferrovia, e estão construindo cabanas para os operários o mais depressa que podem, mas até o presente os homens estão alojados em toda parte, acima e abaixo da ferrovia. A cerca de uns duzentos metros desse lugar, há uma velha trilha, que leva da estação e da estrada principal até um pequeno povoado na encosta da colina. Parte dessa trilha segue através de um bosque um tanto extenso, a maior parte dele coberta de uma vegetação rasteira densa. Acho que deve haver vinte acres de bosque, mais ou menos. Acontece que usei esse atalho uma vez há muito tempo, e posso dizer que de noite é escuro como breu. Um homem precisou tomar essa trilha uma noite. Seguiu sem problemas até chegar ao bosque. E então ele contou que o coração lhe saltou pela boca. Era horrível ouvir os ruídos desse bosque. Milhares de homens estavam lá, isso ele jura. Estava repleto de farfalhos, de pisadas de pés que tentavam prosseguir mansamente, de galhos secos no chão que estalavam quando alguém pisava neles, silvos na relva e uma espécie de tagarelice contínua, que soava, assim ele contou, como se os mortos estivessem sentados sobre os próprios ossos e conversassem! Ele correu dali o mais depressa possível, de qualquer modo, através dos campos, saltando sebes, atravessando riachos. Deve ter corrido, segundo o que ele contou, uns quinze quilômetros fora do caminho dele antes de chegar à casa de encontro à mulher, e bateu à porta, entrou disparado, fechou a porta atrás de si e a trancou.

— Há algo bastante assustador em qualquer bosque à noite — disse o dr. Lewis.

Merritt encolheu os ombros.

— Dizem que os alemães desembarcaram, e que estão se escondendo em lugares subterrâneos em todo o país.

7

O CASO DOS ALEMÃES ESCONDIDOS

Lewis ofegou por um momento, meditando em silêncio sobre a grandiosidade do rumor. Os alemães já desembarcaram, escondendo-se em subterrâneos, atacando à noite, secretamente, terrivelmente, o poder da Inglaterra! Ali estava uma concepção que tornava o mito dos "russos" uma fábula insignificante, diante da qual a "lenda de Mons" era algo ineficaz.

Era monstruoso. E no entanto...

Olhou fixamente para Merritt. Um homem sólido, de cabeça angulosa, cabelo preto. Mostrava sintomas nervosos no momento, sem dúvida, mas isso não era de estranhar, se as histórias que contou eram verdadeiras, ou se simplesmente acreditava que fossem verdadeiras. Lewis conhecia o cunhado havia vinte anos ou mais, e sempre o considerara um homem seguro em seu próprio pequeno mundo. "Mas depois", disse o médico para si mesmo, "esse tipo de homem, se alguma vez sai do círculo deste pequeno mundo, acaba por se perder. Este é o tipo de homem que acredita na Madame Blavatsky."

— Bom — disse ele —, o que é que você pessoalmente pensa? Os alemães desembarcaram e estão escondidos em algum lugar do país: há uma certa extravagância nessa idéia, não?

— Não sei o que pensar. Não há como entender os fatos. Há os soldados com os rifles e as armas deles nas fábricas por todo o Stratfordshire, e essas armas são disparadas. Eu contei para você que as ouvi. Então quem os soldados estão alvejando? É isso o que todos nós de Midlingham nos perguntamos.

— De acordo. Entendo perfeitamente. É uma situação extraordinária.

— É mais do que extraordinária. É uma situação medonha. É o terror nas trevas, e não há nada pior do que isso. Como disse aquele sujeito jovem de quem lhe falei: "Na frente de batalha pelo menos você sabe contra o quê está lutando".

— E as pessoas realmente acreditam que um grande número de alemães de algum modo chegou à Inglaterra e se escondeu em subterrâneos?

— As pessoas dizem que eles possuem um novo tipo de gás tóxico. Algumas acham que eles cavaram lugares subterrâneos e lá fabricam o gás, que conduzem por canos secretos para o interior dos armazéns. Outras dizem que eles lançam bombas de gás contra as fábricas. Deve ser algo pior do que qualquer coisa que usaram na França, a julgar pelo que as autoridades falam.

— As autoridades? Então *elas* admitem que os alemães estão se escondendo em Midlingham?

— Não. Elas chamam isso "explosões". Mas nós sabemos que não se trata de explosões. Em Midlingham, sabemos como explosões soam e como se parecem. E sabemos que as pessoas mortas nessas "explosões" são colocadas em caixões nas fábricas. Nem mesmo os familiares têm permissão para vê-las.

— Então você acredita na teoria dos alemães?

— Se acredito é porque a gente tem de acreditar em alguma coisa. Alguns dizem ter visto o gás. Soube de um homem que mora em Dunwich que o viu uma noite como uma nuvem negra com centelhas de fogo, flutuando acima das copas das árvores do parque de Dunwich.

A luz de um pasmo inefável brilhou nos olhos de Lewis. A noite da visita de Remnant, a vibração trêmula do ar, a árvore escura que crescera no jardim depois do crepúsculo, a estranha folhagem que ardera com estrelas, com fogos de esmeralda e rubi, e tudo esvaneceu quando ele retornou da visita a Garth. E essa folhagem reaparecera como uma nuvem ardente no coração da Inglaterra: que insuportável mistério, que tremendo destino se expressavam por essa manifestação? Uma coisa, porém, era certa e clara: o terror de Meirion era também o terror dos condados centrais da Inglaterra.

Lewis decidiu com bastante firmeza que, se possível, tudo isso não seria revelado ao cunhado. Merritt viera para Porth vendo na cidade um refúgio dos horrores de Midlingham. Se Lewis conseguisse, deveria ser poupado do conhecimento de que a nuvem de terror desaparecera diante dele e pairara negra sobre as terras ocidentais. Lewis passou o vinho do Porto e disse com uma voz serena:

— Muito estranho mesmo. Uma nuvem negra com centelhas de fogo?

— Não posso responder por isso, entenda. É apenas um boato.

— É como você diz. E você pensa, ou tende a pensar, que isso e todo o resto que lhe contaram deve ser atribuído aos alemães escondidos?

— Como eu disse, porque a gente tem de pensar em alguma coisa.

— Entendo perfeitamente seu ponto de vista. Sem dúvida, se for verdade, é o golpe mais terrível jamais desferido contra qualquer país em toda a história da humanidade. O inimigo estabelecido em nossos órgãos vitais! Mas será possível, no final das contas? Como isso terá sido planejado?

Merritt contou para Lewis como isso foi planejado, ou melhor, como as pessoas diziam que tinha sido planejado. A idéia, disse ele, era que aquela era uma parte, e a parte mais importante, da grande trama alemã para destruir a Inglaterra e o Império Britânico.

O plano fora preparado havia anos, alguns achavam que logo após a Guerra Franco-Prussiana. Moltke percebera que a invasão da Inglaterra (no sentido comum do termo invasão) apresentava grandes obstáculos. O assunto fora objeto de constantes debates nos altos círculos militares e políticos mais secretos, e a tendência geral das opiniões nessas esferas era que, na melhor das hipóteses, a invasão da Inglaterra envolveria a Alemanha nas mais graves dificuldades, e deixaria a França na posição do *tertius gaudeans*. Essa era a situação quando um alto representante prussiano foi procurado pelo professor sueco, Huvelius.

Esse o relato de Merritt, e aqui acrescento, entre parênteses, que Huvelius era, segundo todos dizem, um homem extraordinário. Considerado pessoalmente, e à parte seus escritos, parece ter sido um indivíduo bastante afável. Era mais fecundo do que a maioria dos suecos, decerto mais fecundo do que o professor universitário médio na Suécia. Mas sua sobrecasaca verde e surrada, seu chapéu de pele amassado eram famosos na cidade universitária onde ele morava. Ninguém o ridicularizava, porque era sabido que o professor Huvelius gastara cada centavo de seus recursos pessoais, e uma grande parcela de seu salário, em obras beneficentes e de caridade. Desenvolveu sua capacidade intelectual numa mansarda, disse alguém, para que outros tivessem condições de evoluir no primeiro andar. Comentava-se que ele se restringiu a uma dieta de pão seco e café durante um mês, a fim de que uma pobre mulher da rua, morrendo de tuberculose, pudesse desfrutar de luxo no hospital. E esse era o homem que escreveu o tratado *De facinore humano*, para provar a infinita corrupção da raça humana. Estranhamente, o professor Huvelius escreveu o livro mais cínico do mundo — Hobbes professa um sentimentalismo cor-de-rosa em comparação — com os motivos mais elevados. Sustentava que uma grande parte do sofrimento, da desventura e da tristeza da humanidade se devia à falsa convenção de que o coração do homem é natural e essencialmente bem-intencionado e bondoso, se não exatamente justo. "Assassinos, ladrões, homicidas, violadores e toda a hoste dos abomináveis", afirma ele num trecho, "são criados pela falsa presunção e pela tola crença da virtude humana. Um leão numa jaula é um animal feroz, de fato; mas o que será ele se o declararmos um cordeiro e abrirmos as portas de seu covil? Quem será o culpado das mortes dos homens, das mulheres e crianças que ele sem dúvida devorará, a não ser aqueles que abriram a jaula?". E ele prossegue demonstrando que os reis e os governantes dos povos poderiam reduzir a soma do sofrimento humano em grande parte ao agirem segundo a doutrina da perversidade humana. "A guerra", afirma ele, "que é um dos piores males, continuará sempre a existir. Mas um rei sábio preferirá uma guerra breve a uma longa, um mal breve a um longo. E isso não devido à bondade de seu coração para com os inimigos, pois vimos que o coração humano é naturalmente maligno, mas porque ele deseja conquistar, e conquistar facilmente, sem um grande desperdício de homens ou do tesouro, ciente de que, se conseguir realizar essa proeza, seu povo o amará e sua coroa estará assegurada. De modo que empreenderá breves guerras vitoriosas, e poupará não só sua própria nação como também a nação do inimigo, uma vez que numa guerra breve as perdas são menores em ambos os lados do que numa guerra longa. E assim do mal virá o bem."

E como, pergunta Huvelius, tais guerras serão empreendidas? Um príncipe sábio, responde ele, começará pressupondo que o inimigo é infinitamente corruptível e infinitamente estúpido, uma vez que a estupidez e a corrupção são as principais características do homem. Assim, o príncipe fará ele mesmo amigos nos próprios conselhos do inimigo, e também no populacho, subornando os ricos

O terror

ao lhes oferecer a oportunidade de uma riqueza ainda maior, e persuadindo os pobres ao usar palavras infladas. "Pois, ao contrário da opinião comum, os ricos é que cobiçam a riqueza; enquanto o populacho será conquistado ao se falar com ele acerca da liberdade, de seu deus desconhecido. E tanto ele se encanta com as palavras liberdade, independência, e outras semelhantes, que o sábio pode ir até os pobres, roubar-lhes o pouco que possuem, rejeitá-los com um vigoroso pontapé e conquistar para sempre seus corações e seus votos, desde que lhes assegure de que o tratamento que receberam se chama liberdade."

Guiado por esses princípios, diz Huvelius, o príncipe sábio irá se entrincheirar no país que desejar conquistar; "mais ainda, com apenas um pequeno número de obstáculos, poderá de fato e literalmente lançar suas guarnições no coração do país inimigo antes de a guerra começar."

Este é um longo e tedioso parênteses. Mas é necessário como explanação da longa história que Merritt contou para o cunhado, tendo-a ele ouvido de um magnata dos condados centrais da Inglaterra que viajara pela Alemanha. É provável que a história tenha sido sugerida em primeiro lugar pela passagem de Huvelius que acabei de citar.

Merritt nada sabia do Huvelius real, que era tudo menos santo. Julgava o professor sueco um monstro de iniqüidade, "pior", como ele disse, "do que Niich", referindo-se, sem dúvida, a Nietzsche.

Então ele contou a história de como Huvelius vendeu seu plano para os alemães. Um plano para encher a Inglaterra de soldados alemães. Terras deveriam ser adquiridas em determinados lugares adequados e bem estudados. Ingleses deveriam ser comprados para se passarem por proprietários dessas terras. Excavações secretas deveriam ser feitas, até que o país estivesse literalmente solapado. Uma Alemanha subterrânea, de fato, deveria ser cavada debaixo de distritos selecionados da Inglaterra. Deveria haver enormes cavernas, cidades subterrâneas, bem drenadas, bem ventiladas, supridas com água, e nesses lugares vastos armazenamentos, tanto de alimentos quanto de munições, deveriam ser acumulados, ano após ano, até que chegasse "o dia". E então, alertada a tempo, a guarnição secreta deixaria as lojas, os hotéis, os escritórios, as *villas*, e desapareceria nos subterrâneos, pronta para começar o trabalho de sangrar o coração da Inglaterra.

— Isso foi o que Henson me contou — disse Merritt, no fim da longa história. — Henson, diretor do Buckley Iron and Steel Sindicate. Ele esteve muitas vezes na Alemanha.

— Bem — disse Lewis —, claro, pode ser que seja assim. Se for, não há palavras que expressem o quanto isso é terrível.

De fato, ele encontrou algo horrivelmente plausível na história. Sem dúvida, tratava-se de um plano extraordinário; de uma trama inaudita; mas não parecia impossível. Era o Cavalo de Tróia numa escala gigantesca. Com efeito, ele refletiu, a história do cavalo, em cujo interior se escondiam os soldados, que foi arrastado até o coração de Tróia pelos próprios iludidos troianos, poderia ser tomado como uma profética parábola do que acontecera com a Inglaterra — se a teoria de Henson estivesse bem fundada. E essa teoria decerto estava em conformidade com o que se soubera das preparações dos alemães na Bélgica e na França: plataformas para armas prontas para o invasor, fábricas alemãs que eram na verdade fortalezas alemãs em solo belga, as cavernas no Aisne prontas para os canhões. Com efeito, Lewis achava que se lembrava de algo acerca de suspeitas quadras de tênis de concreto em elevações sobranceiras a Londres. Mas um exército alemão escondido sob o solo inglês! Era um pensamento de gelar a espinha.

E parecia, por aquele prodígio da árvore ardente, que o inimigo misteriosa e terrivelmente presente em Midlingham estava também presente em Meirion. Lewis, pensando no campo tal como o conhecia, nas encostas silvestres e desoladas, nos bosques profundos, nos ermos e nos lugares solitários, não podia senão reconhecer que não haveria região mais adequada para o fatal empreendimento de homens secretos. Contudo, tornou a pensar, poucos danos poderiam ser feitos em Meirion aos exércitos da Inglaterra ou a suas provisões. Estariam trabalhando para produzir o terror e o pânico? Possivelmente sim. Mas, e o acampamento abaixo da Estrada Mestra? Aquele deveria ser seu primeiro alvo, e lá nenhum dano fora causado.

Lewis não sabia que, desde o pânico dos cavalos, homens tinham tido uma morte terrível no acampamento; que agora era um lugar fortificado, com uma profunda e ampla trincheira, cercado de um espesso emaranhado de selvagem arame farpado, e com uma metralhadora instalada em cada canto.

8

O QUE O SR. MERRITT DESCOBRIU

O sr. Merritt começou a recobrar bem a saúde e o ânimo. Nas duas primeiras manhãs da estada com o médico, contentou-se com uma espreguiçadeira muito confortável perto da casa, na qual se sentava à sombra de uma velha amoreira ao lado da mulher e observava a luminosa luz do sol nos gramados verdes, nas cristas cremosas das ondas, nos promontórios daquele litoral magnífico, purpúreo até mesmo à distância, com o majestoso fulgor do urzal, nas casas de fazenda brancas luzindo ao sol, sobranceando o mar, longe de qualquer agitação, de qualquer perturbação humana.

O sol estava quente, mas durante o tempo todo o vento soprava do leste suavemente, incessantemente, e Merritt, que viera a esta localidade tranqüila não só por causa da aflição mas também por causa da atmosfera carregada e oleaginosa da cidade enfumaçada da região central da Inglaterra, disse que o vento do leste, puro, limpo e como água de poço da pedra, era para ele uma vida nova. Teve um excelente jantar no fim do primeiro dia em Porth e formou opiniões favoráveis. Quanto ao que tinham conversado na noite anterior, disse para Lewis, sem dúvida devia haver algum tipo de problema, e talvez problema sério. Entretanto, Kitchener logo resolveria tudo.

Desse modo, as coisas correram muito bem. Merritt começou a perambular pelo jardim, que era repleto de agradáveis espaços, bosquetes e surpresas inerentes apenas a jardins do interior. À direita de um dos terraços, ele descobriu uma pérgula, ou uma casinha de veraneio, forrada de rosas brancas, e se sentiu tão satisfeito quanto se tivesse descoberto o pólo. Passou um dia inteiro lá, fumando, vagueando e lendo uma história sensacionalista sem valor literário, e declarou que as rosas de Devonshire haviam restaurado vários anos de sua vida. Depois, no outro lado do jardim, havia um aveleiral que ele não explorara em nenhuma das visitas anteriores. E, de novo, houve uma descoberta. Bem no fundo das sombras das aveleiras havia uma fonte borbulhante, brotando das pedras, e todos os tipos de folhagens, samambaias orvalhadas crescendo em torno e acima dela, e uma angélica nascendo ao lado. Merritt se ajoelhou, juntou as mãos em copa e bebeu da água da fonte. Disse (tomando o vinho do Porto) naquela noite que, se toda água fosse como a água da fonte do aveleiral, o mundo inteiro seria abstêmio. Só mesmo um citadino para apreciar os numerosos e delicados deleites do campo.

Apenas quando começou a se aventurar para lugares mais distantes, Merritt descobriu que faltava alguma coisa da velha e valiosa paz que reinava em Meirion. Tinha predileção por um passeio que nunca negligenciara, ano após ano. Esse passeio levava ao longo dos rochedos na direção de Meiros e de lá era possível fazer a volta para o interior e retornar a Porth por caminhos profundos e tortuosos que se estendiam sobre o Allt. De modo que Merritt partiu cedo numa manhã e caminhou até uma guarita de sentinela no sopé do caminho que conduzia ao rochedo. Havia uma sentinela andando de um lado para outro na frente da guarita que pediu a Merritt que mostrasse a autorização, ou então que voltasse para a estrada principal. Merritt ficou um tanto desconcertado, e perguntou para o médico acerca deste guarda em particular. O médico ficou surpreso.

— Eu não sabia que tinham posto uma barreira por lá — disse.
— Suponho que seja prudente. Sem dúvida estamos aqui no extremo oeste. Mesmo assim, os alemães poderiam aparecer e nos atacar de surpresa e causar um grande prejuízo, só porque Meirion é o último lugar que esperamos que eles ataquem.

— Mas com certeza deve haver fortificações no rochedo, não?
— Ah, não. Nunca ouvi falar nada do tipo aqui.
— Bom, então qual é o sentido de proibir o público de ir até o rochedo? Entendo perfeitamente isso de colocarem uma sentinela no topo, para ficar de olho no inimigo. O que não entendo é uma sentinela embaixo que não pode ficar de olho em nada, já que de lá não enxerga o mar. E por que manter o público longe do rochedo?

Eu não poderia auxiliar o desembarque dos alemães ficando no Pengareg, nem mesmo se o quisesse.

— É curioso — concordou o médico. — Algum motivo militar, suponho.

Deixou o assunto morrer, talvez porque o assunto não lhe dissesse respeito. As pessoas que vivem no interior o ano inteiro, com certeza os médicos do interior, entregam-se pouco a passeios superficiais em busca do pitoresco.

Lewis não tinha dúvida alguma de que sentinelas, cujo objetivo era igualmente obscuro, estavam espalhadas em todo o país. Havia uma sentinela, por exemplo, junto da pedreira de Llanfihangel, onde a mulher e a ovelha mortas tinham sido encontradas algumas semanas antes. O caminho junto da pedreira era bastante freqüentado e seu fechamento representava um grande inconveniente para as pessoas da vizinhança. Mas a guarita fora colocada ao lado do caminho e a sentinela recebera ordens para manter as pessoas estritamente no caminho, como se a pedreira fosse um forte secreto.

Só se soube havia um ou dois meses que uma dessas sentinelas tinha sido ela mesma vítima do terror. Os homens em serviço nesse lugar tinham recebido ordens bastante precisas, as quais, devido à natureza do caso, devem ter soado irracionais. Para soldados antigos, ordens são ordens; mas havia um jovem escriturário de banco, que mal fora treinado por dois meses, que não tinha ainda começado a avaliar a necessidade de uma obediência rígida e literal de uma ordem que lhe parecia sem sentido. Viu-se numa encosta remota e solitária, sem a menor noção de que cada um de seus movimentos estava sendo observado, e desobedeceu uma determinada instrução que recebera. O posto foi encontrado deserto pelo substituto. O corpo da sentinela morta foi encontrado no fundo da pedreira.

Isso a propósito. Mas o sr. Merritt descobriu, repetidas vezes, que incidentes impediam seus passeios e suas perambulações. A uns quatro ou cinco quilômetros de Porth, há um grande pântano formado pelo rio Afon antes de desaguar no mar, e ali Merritt costumara estudar um pouco as plantas. Aprendera com boa precisão a percorrer os caminhos elevados de chão sólido que atravessavam as águas de pântano e lamaçal e o solo mole e cediço, e partiu numa tarde quente decidido a fazer uma exploração meticulosa do pântano, desta vez para encontrar o raro trevo-aquático que, estava seguro, crescia em alguma parte daquela vasta extensão.

Tomou o atalho que circunda o pântano até o portão que sempre usara como entrada.

Havia o cenário que sempre conhecera, a abundância de juncos, gladíolos e canas, as mansas reses pretas pascendo nas "ilhas" de turfa firme, o perfumado renque das ulmárias, a magnificência real das salgueirinhas, as flâmulas flamejantes, carmesim e douradas, dos labaçóis gigantes.

Mas carregavam o corpo de um homem morto através do portão.

Um lavrador mantinha aberto o portão que dava acesso ao pântano. Merritt, horrorizado, falou com ele, perguntando-lhe quem era e como tinha acontecido.

— Dizem que era um visitante de Porth. De algum jeito se afogou no pântano, sabe-se lá.

— Mas é perfeitamente seguro. Eu mesmo andei por ele todo um monte de vezes.

— Bom, de fato é assim que a gente sempre pensa. Se, vamos dizer, você escorrega por acidente, e cai dentro d'água, não é tão profunda. É fácil sair dela de novo. E esse cavalheiro é bastante moço, olha só, coitado. E veio pra Meirion por prazer e de férias e encontrou a morte!

— Ele fez de propósito? Foi suicídio?

— Dizem que num tinha motivo nenhum pra isso.

Nesse momento o sargento de polícia encarregado da equipe interrompeu a conversa, conforme as ordens que ele mesmo não compreendia.

— Uma coisa terrível, senhor, sem dúvida, e uma grande pena. Mas tenho certeza que não foi pra ver esse tipo de vista que o senhor veio pra Meirion, nesse verão bonito. O senhor não acha que por isso seria mais agradável se o senhor deixasse a gente fazer esse nosso trabalho doloroso? Ouvi muitos cavalheiros que estão em Porth dizer que não tem melhor vista do que a de cima da colina lá adiante, não em todo o País de Gales.

Todo o mundo era educado em Meirion, mas de algum modo Merritt entendeu que, em linguagem clara, esse discurso significava: "vá andando".

Merritt voltou para Porth — não estava com disposição para qualquer passeio agradável depois de um encontro tão medonho com a morte. Na cidade, fez algumas indagações sobre o homem morto, mas ninguém parecia saber qualquer coisa a respeito dele. Dizia-se que ele estava em lua-de-mel, que estava hospedado no Porth Castle Hotel. Mas os empregados do hotel afirmaram que nunca tinham ouvido falar de tal pessoa. Merritt comprou o jornal local no fim de semana. Não havia uma só palavra sobre qualquer acidente fatal no pântano. Encontrou o sargento de polícia na rua. O oficial tocou o capacete com a máxima cortesia e com um "espero que o senhor esteja se divertindo; aliás, já está com um aspecto bem melhor". Mas, quanto ao pobre homem que fora encontrado afogado ou asfixiado no pântano, nada sabia.

No dia seguinte, Merritt decidiu ir ao pântano para ver se conseguiria descobrir alguma coisa que explicasse uma morte tão estranha. O que encontrou foi um homem de braçadeira postado ao lado do portão. Na braçadeira estavam inscritas as letras "G.C.", abreviatura de Guarda Costeira. O guarda informou que tinha recebido instruções estritas para impedir a entrada de pessoas no pântano. Por quê? Não sabia, mas diziam que o curso do rio estava mudando desde que se construíra o novo aterro da ferrovia e que o pântano se tornara perigoso para as pessoas que não o conheciam bem.

— De fato, senhor — acrescentou —, faz parte das ordens que recebi que nem eu mesmo posso pisar no outro lado do portão, nem por uma fração de segundo.

Merritt olhou por cima do portão com incredulidade. O pântano apresentava o aspecto de sempre. Havia uma variedade de sons, chão sólido por onde andar. Ele via a trilha que costumava seguir tão firme como sempre fora. Não acreditou na história da mudança do curso do rio, e Lewis disse que nunca ouvira nada a respeito. Mas Merritt levantara a questão no meio de uma conversa genérica. Não chegara a ela a partir de qualquer discussão acerca da morte no pântano, de modo que o médico fora pego de surpresa. Se estivesse a par da ligação, na mente de Merritt, entre a suposta mudança do curso do Afon e o trágico acontecimento no pântano, decerto teria confirmado a explicação oficial. Estava, sobretudo, ansioso para impedir que a irmã e o cunhado descobrissem que a mão invisível do terror que subjugava em Midlingham estava também subjugando em Meirion.

O próprio Lewis tinha poucas dúvidas de que o homem afogado no pântano fora atacado pela agência secreta, onde quer que esta estivesse, que já havia praticado tantos atos malignos. Mas era parte essencial do terror que ninguém soubesse ao certo que este ou aquele acontecimento em particular deveria ser atribuído a ele. De fato, pessoas caem ocasionalmente de penhascos por imprudência, e, como mostrava o caso de Garcia, o marinheiro espanhol, moradores de chalés, pais, mães e filhos, de vez em quando são vítimas de uma violência selvagem e despropositada. Lewis nunca perambulara pelo pântano, mas Remnant, que andara por ele e pelas cercanias, afirmou que o homem que lá morrera — nunca se soube o nome dele, ao menos em Porth — devia ter cometido suicídio ao se deitar deliberadamente no lamaçal e se afogar, ou então devia ter sido sujeitado a isso, sem conseguir se levantar. Não havia detalhes disponíveis, de modo que estava claro que as autoridades classificaram esta morte em conformidade com as demais. Entretanto, o homem devia ter cometido suicídio ou sofrido um ataque súbito e caído de bruços nas águas lamacentas. E assim por diante: era possível acreditar que o caso A ou B ou C estava na categoria dos acidentes comuns, ou dos crimes comuns. Mas não era possível acreditar que A e B e C estavam todos nessa categoria. Assim seria até o fim, e assim é agora. Sabemos que o terror reinava, e de que maneira reinava, mas havia tantos acontecimentos medonhos atribuídos a seu domínio que sempre haveria lugar para a dúvida.

Por exemplo, havia o caso do *Mary Ann*, o barco a remos que sofreu reveses de um modo demasiado estranho, quase que sob os olhos de Merritt. Na minha opinião, ele cometeu um grande equívoco ao associar o lamentável destino do barco e de seus ocupantes ao sistema de sinalização por holofote que ele detectou, ou pensou ter detectado, na tarde em que o *Mary Ann* naufragou. Acho que sua teoria da sinalização é um contra-senso total, apesar da governanta alemã naturalizada que morava com os empregadores na casa suspeita. Mas, por outro lado, não há dúvida, cá comigo, de que o barco virou e os ocupantes se afogaram por obra do terror.

9

A LUZ NA ÁGUA

É preciso notar que, até o momento, Merritt não tinha a menor suspeita de que o terror de Midlingham se abatera rapidamente sobre Meirion. Lewis o observava e o protegia com cautela. Não deixara escapar qualquer indício do que acontecera em Meirion e, antes de levar o cunhado para o clube, deu a entender isso para os membros. Não falou a verdade a respeito de Midlingham — e aqui, mais uma vez, há um ponto de interesse, o de que, à medida que o terror se aprofundava, as pessoas em geral cooperavam voluntária e, por assim dizer, quase subconscientemente com as autoridades ao esconderem umas das outras o que sabiam — mas tornou público uma conveniente porção da verdade: a de que seu cunhado era "excitável", não, de modo algum, em excesso, e que portanto era desejável que lhe poupassem o conhecimento dos insuportáveis e trágicos mistérios que ocorriam à volta deles.

— Ele sabe a respeito do pobre sujeito que foi encontrado no pântano — disse Lewis — e tem uma vaga suspeita de que o caso está cercado de algo fora do comum. Mas nada mais do que isso.

— Um caso claro de suicídio induzido, ou melhor, mandado — comentou Remnant. — Eu o considero uma forte confirmação da minha teoria.

— Talvez seja — o médico retrucou, receando ter de ouvir de novo acerca do raio Z. — Mas, por favor, não deixem escapar nada. Quero que ele se recupere completamente antes de voltar para Midlingham.

Depois, por outro lado, Merritt se calara de vez quanto às ocorrências nos condados centrais da Inglaterra. Detestava pensar nelas, quanto mais falar delas. E assim, como digo, ele e os homens do Porth Club, ocultaram seus segredos uns dos outros; e assim, do início ao fim do terror, os elos não foram completados. Em muitos casos, sem dúvida, Fulano se encontrava com Beltrano todos os dias e conversavam com familiaridade, ou confidencialmente, sobre os mais variados assuntos, cada um estando de posse de meia-verdade, que ocultava do outro. Desse modo, as duas metades nunca eram ligadas para formar um todo.

Merritt, como supunha o médico, tinha uma espécie de mal pressentimento — não chegava a ser uma suspeita — quanto à ocorrência no pântano; sobretudo porque pensava que o argumento oficial, relacionando o aterro da ferrovia à mudança do curso do rio, beirava o disparate. Mas, ao constatar que nada mais acontecera, pôs o incidente de lado e se dispôs a gozar as férias.

Descobriu, para sua alegria, que não havia mais sentinelas ou guardas para impedi-lo de se aproximar de Larnac Bay, uma aprazível enseada, um lugar onde os freixos, o vale verdejante e as samambaias reluzentes desciam com suavidade até as rochas vermelhas e a firme areia amarela. Merritt se lembrou de uma pedra que formava um assento confortável. Nela se instalou numa tarde dourada, contemplou o azul do mar, os bastiões carmesim e as baías da costa no ponto em que esta se curvava para dentro, na direção de Sarnau, e de novo recuava para o sul, na direção do promontório de estranha forma, chamado Dragon's Head. Merritt continuou a contemplar, entretido com as cambalhotas dos botos que davam saltos acrobáticos, mergulhavam espadanando água e faziam piruetas no mar um pouco afastados da praia, encantado com o ar puro e radiante que era tão diferente da fumaça gordurosa que com freqüência substituía o céu de Midlingham, e encantado também com as casas de fazenda brancas que surgiam aqui e ali nos cumes da costa ondulada.

Notou então um pequeno barco a remos a cerca de uns duzentos metros da praia. Havia duas ou três pessoas a bordo, não conseguia distinguir quantas, que pareciam estar fazendo alguma coisa com uma linha. Estavam, sem dúvida, pescando, e Merritt (que não gostava de peixe) perguntou a si mesmo como as pessoas podiam estragar uma tarde como aquela, um mar como aquele, um ar translúcido e radiante como aquele ao tentarem pegar criaturas brancas, flácidas, repugnantes e malcheirosas que seriam excessivamente desagradáveis quando cozidas. Refletiu sobre esse problema e o afastou para retornar à contemplação dos promontórios carmesim. Foi então, diz ele, que notou a sinalização do holofote. Luzes de um brilho intenso piscavam, afirma ele, vindas de uma daquelas fazendas nos cumes da costa. Era como se de lá jorrasse um fogo branco. Merritt tinha certeza, uma vez que a luz aparecia e desaparecia, de que alguma mensagem estava sendo enviada, e lamentou nada saber de heliografia. Três sinais luminosos breves, um sinal longo e bastante brilhante, depois dois sinais breves. Merritt remexeu no bolso à procura de lápis e papel para anotar esses sinais e, baixando o olhar para o nível do mar, deu-se conta, com espanto e horror, de que o barco havia desaparecido. Tudo o que conseguia ver era um objeto vago e escuro na distância, a oeste, afastando-se com a maré.

Agora sabe-se ao certo, lamentavelmente, que o *Mary Ann* naufragou e que dois escolares e o marinheiro encarregado se afogaram. A carcaça do barco foi encontrada longe, entre as pedras ao longo da costa, e os três corpos também foram dar na praia. O marinheiro não sabia nadar, os meninos o sabiam apenas um pouco, e só um nadador com excepcional habilidade seria capaz de resistir à sucção da maré enquanto esta corre passando por Pengareg Point.

Mas não creio de modo algum na teoria de Merritt. Ele afirmou (e, que eu saiba, ainda afirma) que os sinais luminosos que viu partirem de Penyrhaul, a casa de fazenda no cume, tinham alguma ligação com o desastre do *Mary Ann*. Quando se apurou que uma família estava passando o verão na fazenda, e que a governanta era uma alemã, embora uma alemã havia muito naturalizada, Merritt entendeu que nada mais havia para se discutir, apesar de que havia inúmeros detalhes para se descobrir. Na minha opinião, porém, tudo isso era uma simples descoberta ilusória. Os sinais de luz brilhante foram causados, sem dúvida, pelo sol, iluminando uma janela da casa de fazenda após outra.

Merritt, contudo, estava convencido disso desde o princípio, mesmo antes de vir à tona a condenatória circunstância da governanta.

Na noite do desastre, sentado com Lewis após o jantar, esforçou-se para apresentar ao médico o que chamou de bom senso da questão.

— Quando você ouve um disparo — disse Merritt — e vê um homem cair, você sabe muito bem o que o matou.

Soou um adejo de asas agitadas no cômodo. Uma enorme mariposa se batia de um lado para outro, chocava-se exasperadamente contra o teto, as paredes e o vidro da estante de livros. Seguiu-se um som de crepitação, um instantâneo obscurecer do lampião. A mariposa teve êxito em sua misteriosa busca.

— Diga-me — disse Lewis, como se estivesse respondendo para Merritt —, por que as mariposas se precipitam na chama?

Lewis colocou intencionalmente para Merritt essa questão relacionada aos estranhos hábitos da mariposa, com o propósito de encerrar o debate em torno da morte por heliografia. A pergunta foi sugerida, claro, pelo incidente da mariposa no lampião, e Lewis pensou que ele retrucaria "Ora, pare com isso!" de um modo bastante elegante. E, de fato, Merritt pareceu ficar sério, silenciou e se serviu do vinho do Porto.

Esse foi o fim que o médico desejara. Ele mesmo não tinha qualquer dúvida de que o caso do *Mary Ann* era apenas mais um numa longa série de horrores que se ampliava a cada dia; e não estava com disposição para escutar teorias fúteis e insensatas de como o desastre ocorrera. Ali estava uma prova de que o terror que se abatia sobre eles era poderoso não só na terra como também no mar; pois Lewis não conseguia entender como o barco pôde ter sido atacado por quaisquer outros meios comuns de destruição. A julgar pela história de Merritt, devia ter acontecido em águas rasas. A praia de Larnac Bay se declinava muito gradualmente, e os mapas do almirantado mostram que a profundeza das águas na extensão de duzentos metros é de apenas duas braçadas. O que seria raso demais para um submarino. E não era possível que tivesse sido bombardeado, que tivesse sido torpedeado. Não houve explosão. O desastre devia ter ocorrido por imprudência. Garotos, refletiu ele, bancam os bobos em qualquer lugar, mesmo num barco. Mas não acreditava nisso. O marinheiro os teria impedido. E, deve-se mencionar, os dois garotos eram, na verdade, extremamente ajuizados, sensatos, e não era de modo algum provável que fizessem qualquer tipo de brincadeira.

Lewis estava imerso nessas reflexões, tendo com sucesso silenciado o cunhado. Em vão tentava encontrar uma chave para o horrível enigma. A teoria de Midlingham de uma força alemã oculta, escondendo-se em lugares debaixo da terra, era demasiado extravagante, e contudo parecia a única solução que se aproximava da plausibilidade. Porém, mais uma vez, mesmo uma hoste alemã subterrânea dificilmente poderia ser responsável pelo naufrágio de um barco que flutuava num mar calmo. E, depois, o que dizer quanto à árvore ardente que apareceu ali naquele jardim havia poucas semanas e quanto à nuvem ardente que surgiu acima das árvores do vilarejo do condado central da Inglaterra?

Penso ter já escrito algo acerca das emoções do matemático que de súbito se defronta com um indubitável triângulo de dois lados. Afirmei, se bem me lembro, que ele seria forçado, por decência, a enlouquecer. Creio que Lewis estava muito perto disso. Sentia-se defrontado com um insuportável problema que exigia uma solução imediata, e, no entanto, ao mesmo tempo, por assim dizer, negava a possibilidade de haver qualquer solução. Pessoas estavam sendo mortas de uma forma inescrutável por algum meio inescrutável, dia após dia, e perguntava-se "por quê" e "como"; e parecia não haver resposta. Nos condados centrais da Inglaterra, onde todos os tipos de munição eram fabricados, a explicação da agência alemã era plausível. E mesmo que a idéia dos subterrâneos tivesse de ser rejeitada, por ter demais o sabor dos ingredientes dos contos de fadas, ou, antes, do romance sensacionalista, ainda assim era possível que a espinha dorsal da teoria fosse verdadeira. Os alemães poderiam ter instalado os agentes de uma forma ou de outra no centro de nossas fábricas. Mas ali, em Meirion, que efeitos graves seriam produzidos pela matança casual e indiscriminada de dois escolares num barco, de um inofensivo turista num pântano? A criação de uma atmosfera de terror e desalento? Era possível, claro, mas dificilmente parecia razoável, não obstante as monstruosidades de Louvain e do *Lusitania*.

Essas reflexões, assim como o ainda circunspecto silêncio de Merritt, foram interrompidas pelo assistente de Lewis, que bateu à porta. Soaram aquelas palavras que interrompem o sossego do médico do campo quando ele procura sossegar: "Precisam do senhor na clínica, por favor, senhor". Lewis saiu apressado e não voltou naquela noite.

O médico fora chamado a um pequeno povoado nos arredores de Porth, separado dele por pouco mais de um quilômetro ou três quartos de estrada. Honra-se, de fato, esse assentamento sem nome ao chamá-lo povoado. Consiste numa simples fileira de quatro chalés, construídos há cerca de cem anos para a acomodação dos operários de uma pedreira há muito tempo abandonada. Num desses chalés, o médico encontrou um pai e uma mãe a chorar e a berrar "o doutor chegou, o doutor chegou", duas crianças assustadas e o corpo de um pequenino, inerte e inanimado. Era o mais novo dos três, o pequeno Johnnie, e estava morto.

O dr. Lewis constatou que o menino tinha sido asfixiado. Tocou a roupa; estava seca. Não era um caso de afogamento. Examinou o pescoço; não havia sinais de estrangulamento. Perguntou ao pai de que modo acontecera, e o pai e a mãe, chorando queixosamente, afirmaram que não sabiam como o filho tinha sido morto: "A não ser que os duendes fizeram isso". Os duendes celtas continuam malignos. Lewis perguntou o que acontecera naquela noite; onde o menino estivera.

— Ele estava com o irmão e a irmã? Eles não sabem nada a respeito?

Reduzida a uma espécie de arranjo da confusão original que dava pena, esta é a história que o médico obteve.

As três crianças passaram bem e felizes o dia inteiro. Tinham ido com a mãe, a sra. Roberts, a Porth, numa visita à feira à tarde. Voltaram para o chalé, tomaram chá e depois brincaram na estrada na frente da casa. John Roberts chegara do trabalho um pouco tarde e já estava escuro quando a família se sentou à mesa para jantar. Terminado o jantar, as três crianças saíram de novo para brincar com as outras crianças do chalé vizinho, tendo a sra. Roberts lhes dito que podiam brincar por meia hora antes de irem para a cama.

As duas mães saíram ao portão do chalé no mesmo momento e chamaram os filhos para entrar o mais depressa possível. As crianças das duas famílias tinham brincado no trecho de relva do outro lado da estrada, bem ao lado dos degraus da cerca que levavam para o campo. As crianças atravessaram a estrada correndo. Todas menos Johnnie Roberts. O irmão Willie contou que, justamente na hora que a mãe os chamou, ele ouviu Johnnie gritar:

— Nossa, o que é essa coisa brilhante e bonita no degrau?

10

O MENINO E A MARIPOSA

Os filhos dos Roberts atravessaram a estrada, subiram pelo caminho e entraram no cômodo iluminado. Logo notaram que Johnnie não os seguiu. A sra. Roberts se ocupava com algo na cozinha, nos fundos, e o sr. Roberts tinha ido ao barracão no quintal buscar lenha para acender o fogo da lareira na manhã seguinte. A sra. Roberts ouviu as crianças entrarem correndo mas continuou a se ocupar. As crianças sussurravam entre si que Johnnie o "pegaria" quando a mãe voltou da cozinha e constatou que o menino não estava; mas esperavam que ele entrasse pela porta aberta a qualquer momento. Mas seis ou sete, talvez dez minutos se passaram, e nada do Johnnie. Então o pai e a mãe entraram juntos na cozinha e viram que o menino lá não estava.

Pensaram que se tratava de uma travessura — que as duas outras crianças tinham escondido o menino em algum lugar no cômodo: no enorme guarda-louça, talvez.

— Então, o que é que vocês fizeram com ele? — perguntou a sra. Roberts. — Sai já daí, seu maroto.

Lá não havia maroto algum para sair, e Margaret Roberts, a menina, disse que Johnnie não os tinha seguido quando atravessaram a estrada: devia estar ainda brincando sozinho perto da cerca viva.

— Por que deixaram ele sozinho desse jeito? — perguntou a sra. Roberts. — Será que não posso confiar em vocês nem um minutinho sequer? Santo Deus, vocês não prestam pra nada mesmo.
— Dirigiu-se à porta aberta.

— Johnnie! Volta já pra casa, senão vai se arrepender. Johnnie!

A pobre mulher continuou a chamar à porta. Saiu até o portão e de lá o chamou:

— Venha, Johnnie. Venha, *bachgen*, meu menino bonzinho. Tou vendo você escondido aí.

Achou que estava escondido na sombra da cerca viva, que viria correndo e rindo — "sempre foi um menininho muito feliz" — pela estrada para seus braços. Mas nenhum menininho saiu do lugar sombrio na noite quieta e escura. Tudo era silêncio.

Foi então, quando o coração da mãe começou a gelar, embora ela continuasse a chamar pelo menino desaparecido, que o filho mais velho contou que Johnnie tinha dito que havia alguma coisa bonita perto dos degraus da cerca viva: "E vai ver ele subiu os degraus e agora deve estar correndo no vale e não sabe como voltar".

O pai pegou então a lanterna e a família inteira andou gritando e chamando pelo vale, prometendo bolos, doces e um belo brinquedo ao pobre Johnnie, se viesse ao encontro deles.

Descobriram o corpo do pequenino sob os freixos, no meio do campo. Estava imóvel, morto, tão imóvel que uma grande mariposa havia pousado em sua testa, batendo vôo quando o ergueram.

O dr. Lewis ouviu essa história. Nada havia a fazer; pouco havia a dizer para aquelas pessoas tão infelizes.

— Cuidem dos dois filhos que lhes restam — disse o médico ao partir. — Se puderem, não os percam de vista. Estamos vivendo uma época horrível.

É curioso registrar que, durante toda essa época horrível, a simples "temporada" transcorreu como normalmente em Porth. A guerra e suas conseqüências haviam reduzido um bocado o número de visitantes no verão. Contudo, um grande contingente deles ocupava hotéis, pensões e hospedarias, banhava-se nas máquinas fora de moda numa praia, ou nas barracas da última moda numa outra, passeava ao sol ou se deitava na sombra das árvores que cresciam terreno abaixo quase que até a borda da água. Porth jamais tolerara etíopes ou espetáculos de qualquer espécie em suas areias, mas "Os Foguetes" fizeram sucesso durante esse verão com seu entretenimento de jardim, apresentado no terreno do castelo, e dizem que as companhias mambembes que se apresentaram no Salão de Festas entretiveram uma mulher e um homem.

Porth depende, em grande parte, de uma freguesia do centro e do norte da Inglaterra, uma freguesia próspera e bem estabelecida. As pessoas que acham que Llandudno é superpovoada e que Colwyn Bay é demasiado selvagem, vermelha e nova, vêm, ano após ano, à plácida cidade velha no sudoeste e apreciam sua tranqüilidade. E, como digo, ali se divertiram da mesma forma no verão de 1915. De vez em quando, davam-se conta, assim como o sr. Merritt se deu conta, de que não podiam perambular tal como no passado costumavam fazê-lo. Mas aceitavam as sentinelas, os guardas costeiros, as pessoas que educadamente salientavam as vantagens de ver uma vista deste e não daquele lugar, como conseqüências necessárias da horrenda guerra em curso. Mais ainda, como disse um homem de Manchester, depois de ter sido impedido de realizar seu passeio preferido até Castell Coch, era confortador pensar que fossem tão bem protegidos.

— Tanto quanto percebo — acrescentou —, não há nada que impeça a presença de um submarino perto de Ynys Sant e o desembarque de meia dúzia de homens num barco desmontável em qualquer uma dessas pequenas enseadas. E faríamos papel de bobos, não é mesmo, ao cair com a garganta cortada em cima da areia; ou ao ser transportados para a Alemanha no submarino? — Deu ao guarda costeiro meia coroa. — Está certo, camarada — disse —, você nos dá o palpite.

Agora, eis algo estranho. O homem do norte da Inglaterra pensava em submarinos e incursores alemães ardilosos; o guarda costeiro tinha simplesmente recebido instruções para manter as pessoas longe dos campos de Castell Coch, sem um motivo alegado. E não há dúvida de que as próprias autoridades, embora tivessem demarcado os campos como uma "zona de terror", deram as ordens no escuro e elas mesmas se achavam profundamente no escuro quanto à forma da matança lá ocorrida. Pois, se tivessem compreendido o que acontecera, teriam compreendido também que as restrições eram inúteis.

O homem de Manchester fora informado de que não podia prosseguir com o passeio cerca de dez dias depois da morte de Johnnie Roberts. O guarda fora colocado no posto porque, na noite anterior, um jovem fazendeiro fora encontrado pela mulher jazendo na relva perto do castelo, sem qualquer arranhão, sem qualquer sinal de violência, mas morto.

A mulher do morto, que se chamava Joseph Cradock, ao encontrar o marido inerte na turfa orvalhada, levou um choque, subiu correndo o caminho que levava ao vilarejo e avisou dois homens, que transportaram o corpo para a fazenda. Lewis foi chamado e, assim que viu o cadáver, soube que o homem fora morto da mesma forma que o pequeno Roberts — fosse a horrível forma que fosse. Cradock fora asfixiado; e nesse caso, mais uma vez, não havia marcas de pressão na garganta. Devia ter sido um ato de violência cujo objetivo era não deixar vestígios, o médico ponderou. Um emplastro de breu teria sido aplicado vigorosamente sobre a boca e as narinas do homem e ali mantido.

Então ocorreu-lhe um pensamento. O cunhado falara de um novo tipo de gás tóxico que, dizia-se, fora usado contra os operários da fábrica de munição no condado central da Inglaterra: seria possível que as mortes do homem e do menino tivessem sido causadas por um instrumento desse tipo? Fez os exames, mas não encontrou vestígio de gás que teria sido empregado. Gás carbônico? Um homem não morreria com ele a céu aberto; para ser letal, seria necessário um espaço fechado, como o fundo de um enorme tanque ou de um poço.

Ele não sabia de que modo Cradock fora morto, teve de admitir para si mesmo. Fora asfixiado. Era tudo o que podia afirmar.

Aparentemente o homem saíra por volta das nove e meia para cuidar de alguns animais. O campo no qual estes estavam ficava a cinco minutos da casa a pé. Ele disse para a mulher que voltaria em quinze ou vinte minutos. Não voltou, e, depois de uns quarenta e cinco minutos de sua partida, a sra. Cradock foi procurá-lo. Dirigiu-se ao campo onde estavam os animais e tudo parecia bem, mas não havia sinal de Cradock. Chamou. Não houve resposta.

Agora, o campo no qual as reses pastavam é um terreno elevado. Uma cerca viva o separa dos campos que declinam suavemente na direção do castelo e do mar. A sra. Cradock, sem saber muito bem por quê, não tendo encontrado o marido entre os animais resolveu tomar o caminho que levava a Castell Coch. Ela disse, de início, que pensou que um dos bois havia atravessado a cerca viva e se desgarrado, e que Cradock talvez tivesse ido à procura dele. Depois, retificando-se, disse:

— Tinha isso, mas depois tinha uma outra coisa que não entendi de jeito nenhum. Tive a impressão de que a cerca viva parecia diferente do costumeiro. Pra falar a verdade, de noite as coisas parecem diferentes, e tinha um pouco de nevoeiro do mar em volta, mas mesmo assim achei estranho, e disse para mim mesma: "Será que me perdi"?

Declarou que a forma das árvores da cerca viva parecia alterada. Além disso, tinha o aspecto de estar "iluminada, de algum modo". Então ela avançou na direção dos degraus da cerca viva para verificar o que era aquilo e, quando se aproximou, tudo estava como de costume. Olhou por sobre os degraus da cerca viva e chamou, e esperou para ver o marido vir em sua direção ou ouvi-lo responder. Mas não houve resposta. Ao olhar para o caminho abaixo, ela viu, ou pensou ter visto, uma espécie de clarão no solo, "uma espécie de luz fraca, como um bando de vaga-lumes incandescentes num declive da cerca viva."

— E então subi os degraus da cerca viva, segui pelo caminho e a luz pareceu que ia sumindo. E lá estava o pobre do meu marido deitado de costas, sem me dizer nenhuma palavra quando falei com ele e toquei nele.

Desse modo, para Lewis, o terror se obscureceu e se tornou insuportável, e os outros, ele notou, sentiam o mesmo. Não sabia, nunca perguntou se os homens do clube tinham ouvido falar das mortes da criança e do jovem fazendeiro; mas ninguém as mencionava. De fato, a mudança era evidente. No início do terror, os homens não falavam de outra coisa. Agora se tornara pavoroso demais para uma conversa franca ou teorias elaboradas e grotescas. Lewis recebeu uma carta do cunhado, em Midlingham, que continha a frase: "Acho que a saúde de Fanny não se beneficiou de verdade da visita a Porth; ainda há sintomas que não me agradam de modo algum". E isso lhe revelou, numa fraseologia que o médico e Merritt tinham convencionado, que o terror continuava intenso na cidade do condado central da Inglaterra.

Foi logo após a morte de Cradock que as pessoas começaram a contar estranhas histórias de um som que se ouvia à noite nas colinas e nos vales a noroeste de Porth. Um homem que perdera o último trem de Meiros, e se vira forçado a caminhar os quinze quilômetros entre Meiros e Porth, parece ter sido o primeiro a ouvi-lo. Disse que subira ao alto da colina por Tredonoc, entre dez e meia e onze horas, quando notou pela primeira vez um som esquisito que não conseguiu identificar. Era como um grito, um longo, arrastado e melancólico lamento, vindo de muito longe dali, débil na distância. Parou para escutar, pensando, em princípio, que poderia ser uma coruja piando nos bosques. Mas era diferente, disse, da coruja: era um grito prolongado; depois houve o silêncio e depois recomeçou. Não conseguiu compreender e, sentindo-se assustado, sem saber exatamente com o quê, andou depressa e se alegrou de ver as luzes da estação de Porth.

Contou para a mulher acerca do som sinistro naquela noite, ela contou para os vizinhos e muitos deles acharam que era "pura imaginação" — ou bebida ou, afinal, corujas. Na noite seguinte, porém, duas ou três pessoas, que tinham se reunido para uma festa num chalé perto da estrada de Meiros, também ouviram o som quando voltavam para casa, logo depois das dez horas. Elas também o descreveram como um longo grito de lamento, indescritivelmente melancólico na calma da noite de outono; "como a voz de um fantasma", disse uma delas; "como se subisse do fundo da terra", disse uma outra.

11

NA FAZENDA DE TREFF LOYNE

Recordemos, mais uma vez, que, durante todo o período em que reinou o terror, não houve um registro em comum de informações sobre as coisas medonhas perpetradas. A imprensa não dissera uma palavra sequer a respeito, não havia critério com o qual uma multidão de pessoas pudesse separar o fato do mero boato vago, nenhuma verificação pela qual o infortúnio ou o desastre

O terror

corriqueiros pudessem ser diferençados dos feitos da aterradora força secreta em atividade.

E o mesmo se aplicava a cada acontecimento de cada dia. Um inocente caixeiro-viajante podia aparecer para levar a cabo suas negociações na dilapidada rua principal de Meiros e se surpreender com olhares de medo e suspeita, como um possível assassino, embora fosse bastante provável que os autênticos agentes do terror passassem despercebidos. E uma vez que se desconhecia a verdadeira natureza de todo esse mistério, resultava, facilmente, que os sinais, os alertas e os prognósticos dele eram mais ainda desconhecidos. Aqui o horror; ali o horror; mas não havia ligações para relacionar um ao outro; nenhuma base em comum de conhecimento a partir da qual a conexão entre este horror e aquele pudesse ser inferida.

Assim, ninguém suspeitava, de modo algum, que o som melancólico e abafado que agora se ouvia à noite na região norte de Porth tivesse qualquer relação com o caso da menina que saíra uma tarde para colher flores púrpuras e jamais voltara, com o caso do homem cujo corpo fora retirado do lodo turfoso do pântano, ou com o caso de Cradock, morto no campo, com uma estranha luz bruxuleante no corpo, segundo o relato da mulher. E resta saber até que ponto o boato deste melancólico chamado noturno se espalhou pela região. Lewis o ouviu, uma vez que um médico do interior ouve muitas coisas ao percorrer as estradas, mas o ouviu sem muito interesse, sem qualquer noção de que, de algum modo, relacionava-se ao terror. Remnant tomara conhecimento da história da abafada e ecoante voz das trevas de uma forma distorcida e pitoresca. Ele empregara um homem de Tredonoc para cuidar de seu jardim uma vez por semana. O jardineiro não ouvira pessoalmente o chamado, mas conhecia um homem que o ouvira.

— O Thomas Jenkins, de Pentoppin, botou a cara fora de casa tarde uma noite dessas pra ver como tava o tempo, porque ia ceifar um campo de trigo no dia seguinte, e me contou que, quando tava com os metodistas de Cardigan, nunca tinha ouvido nenhuma eloqüência de canto na capela que fosse igual. Falou que era como um lamento do Dia do Juízo Final.

Remnant refletiu sobre o assunto e se viu inclinado a pensar que o som deveria ser causado por uma entrada subterrânea do mar. Haveria, ele supôs, um respiradouro imperfeito, ou semiaberto, ou tortuoso, nos bosques de Tredonoc, e o ruído da maré, ao se avolumar embaixo, poderia muito bem produzir esse efeito de lamento abafado, distante. Mas nem ele nem ninguém mais deu muita atenção ao assunto, exceto os poucos que ouviram o chamado em noite alta, ao ecoar pavorosamente pelas colinas negras.

O som havia sido ouvido por três ou quatro noites, quando as pessoas que saíram da igreja de Tredonoc, depois de terminada a missa de domingo, notaram a presença de um enorme cão pastor amarelo no adro. O cão, parecia, estivera esperando pelo grupo, porque imediatamente se juntou a eles, primeiro ao grupo todo e depois a uma meia dúzia de pessoas que tomavam uma rua à direita. Duas delas dali a pouco tomaram a direção do campo, no rumo das respectivas casas, e quatro delas caminharam a esmo com vagar, do modo corriqueiro de uma manhã de domingo no interior, e essas pessoas o cão seguiu, mantendo-se sempre atrás. Os homens conversavam sobre feno, trigo e feiras sem prestar atenção ao animal, e dessa forma caminharam pela estrada outonal até chegarem a um portão na cerca viva, de onde uma acidentada trilha atravessava o campo e desaparecia bosque adentro, na direção da fazenda Treff Loyne.

Nisso o cão se transformou numa criatura possessa. Latiu furiosamente. Correu para cima de um dos homens e o olhou, "como se lhe pedisse a vida", como declarou o homem, e depois correu até o portão e parou ao lado dele, abanando a cauda e latindo a intervalos. Os homens olharam para ele e riram.

— De quem será este cachorro? — perguntou um deles.

— Deve ser do Thomas Griffith, da Treff Loyne — respondeu o outro.

— Bom, então por que é que ele não vai pra casa? Vai pra casa, então! — Fez um gesto de pegar uma pedra da estrada e atirá-la contra o cão. — Vai pra casa, então! Taí o portão.

Mas o cão não se moveu. Latiu e ganiu e correu até os homens e retornou ao portão. Por fim se aproximou de um deles, rastejou, abaixou-se no chão e em seguida abocanhou o casaco do homem e tentou puxá-lo na direção do portão. O fazendeiro se safou do cão e os quatro prosseguiram. O cão ficou na estrada a observá-los, depois levantou a cabeça e emitiu um longo e melancólico uivo que era um desespero.

Os quatro fazendeiros não deram importância ao incidente. Cães pastores no campo são cães que tomam conta de ovelhas, e seus caprichos e extravagâncias não são estudados. Mas o cão amarelo — uma espécie de *collie* abastardado — freqüentou as estradas de Tredonoc a partir desse dia. Chegou à porta de um chalé uma noite e a raspou, e, quando a abriram, deitou-se e depois, a latir, correu para o portão do jardim e aguardou, ao que parecia suplicando ao morador do chalé que o seguisse. Espantaram-no e de novo ele emitiu aquele longo uivo de angústia. Era quase tão penoso, disseram, quanto o barulho que tinham ouvido algumas noites antes. E então ocorreu a alguém, que eu perceba sem uma referência em particular ao estranho comportamento do cão pastor da Treff Loyne, que Thomas Griffith não tinha sido visto havia algum tempo. Não comparecera ao dia da feira de Porth, não fora visto na igreja de Tredonoc, que ele freqüentava regularmente aos domingos. Depois, quando as pessoas se consultaram, parecia que ninguém vira qualquer membro da família Griffith por vários dias.

Agora, numa cidade, mesmo numa cidade pequena, esse processo de consulta mútua é algo bastante rápido. No interior, principalmente numa região de campos silvestres, fazendas e chalés dispersos e solitários, o caso leva tempo. As colheitas estavam em andamento, todos estavam ocupados com seus próprios campos, e depois de um longo dia de trabalho exaustivo nem o fazendeiro nem seus empregados tinham disposição para andar a esmo atrás de notícias ou mexericos. Ao cabo do dia, um ceifeiro está pronto para o jantar, dormir e nada mais.

De modo que foi no final da semana que se descobriu que Thomas Griffith e os familiares tinham desaparecido deste mundo.

Fui muitas vezes censurado devido a minha curiosidade por questões aparentemente de pouca importância, ou sem qualquer importância. Gosto de investigar, por exemplo, a questão da visibilidade de uma vela acesa a distância. Imagine, quero dizer, uma vela acesa numa calma noite escura no campo. Qual é a maior distância na qual se pode ver uma luz? E, depois, quanto à voz humana. Qual é a distância na qual pode ser transportada, em boas condições, como um simples som, à parte a questão de se produzirem palavras pronunciáveis? Essas são perguntas triviais, sem dúvida, mas sempre me despertaram o interesse, e a última delas se aplica ao estranho caso da Treff Loyne. O abafado e melancólico som, aquele chamado lamentoso que apavorou o coração dos que o ouviram, era, na verdade, uma voz humana, produzida de uma forma excepcional. E parece ter sido ouvida em lugares que variavam de dois a três quilômetros da fazenda. Não sei se há algo de extraordinário nisso; não sei se o método peculiar de produção foi calculado para aumentar ou para diminuir a potência do transporte do som.

Mais de uma vez enfatizei, nesta história do terror, o estranho isolamento de várias fazendas e chalés de Meirion. E o fiz na tentativa de convencer o citadino de algo que ele jamais conheceu. Para o londrino, uma casa a quinhentos metros do lampião do subúrbio afastado, sem nenhuma outra habitação no raio de duzentos metros, é uma casa solitária, um lugar propício para ser povoado de fantasmas, mistérios e terrores. Como pode ele entender então o verdadeiro isolamento das casas de fazenda brancas de Meirion, pontuando aqui e ali, a maioria delas nem mesmo perto de estradas estreitas e caminhos retirados profundos e sinuosos, mas assentada no coração dos campos, ou sozinha nos imensos promontórios com bastiões de frente para o mar, e, se na elevada borda do mar ou no cimo das colinas ou nas depressões do interior, oculta da vista dos homens, longe do som de qualquer chamado comum? Há Penyrhaul, por exemplo, a fazenda da qual o tolo Merritt pensou ter visto sinais de holofote: do lado do mar ela é, claro, amplamente visível; mas do lado da terra, devido, em parte, à configuração curva e recortada da baía, duvido que uma outra habitação seja visível a uma distância mais próxima do que cinco quilômetros.

E, de todos esses lugares escondidos e remotos, duvido que algum esteja tão profundamente oculto quanto Treff Loyne. Sei um pouco, ou quase nada, de galês, lamento dizer, mas suponho que o nome seja uma corruptela de Trellwyn, ou Tref-y-llwyn, "o lugar no bosquete", e, de fato, está assentada bem no coração de bosques escuros e ameaçadores. Um vale profundo e estreito se prolonga das terras elevadas do Allt, através desses bosques, através de encostas íngremes forradas de samambaias e tojos, até o grande pântano, onde Merritt viu o morto sendo carregado. O vale se situa longe de qualquer estrada, mesmo daquele caminho retirado, um pouco melhor do que uma trilha, onde os quatro fazendeiros que voltavam da igreja se viram perplexos diante dos estranhos esgares do cão pastor. Não se pode dizer que dê para avistar o vale do alto, mesmo à distância, pois é tão estreito que os freixais que o bordeiam dos dois lados parecem se encontrar e encerrá-lo. Eu, em todo o caso, jamais encontrei um lugar elevado de onde Treff Loyne seja visível; embora, olhando para baixo de cima do Allt, tenha visto fumaça azul de lenha queimada saindo de suas chaminés escondidas.

Foi para este lugar, portanto, que numa tarde de setembro um grupo se dirigiu para descobrir o que havia acontecido com Griffith e sua família. Havia cerca de meia dúzia de fazendeiros, dois policiais e quatro soldados que portavam armas; estes foram cedidos pelo oficial que comandava no acampamento. Lewis também integrava o grupo. Ele por acaso tomara conhecimento de que ninguém sabia do destino dos Griffith e estava preocupado com um sujeito jovem, um pintor que ele conhecia e que tinha se hospedado na Treff Loyne durante todo aquele verão.

Encontraram-se junto do portão do adro da igreja de Tredonoc e caminharam solenemente ao longo da estrada estreita. Todos eles, creio, com um vago mal-estar interior, com um certo temor sombrio, como homens que não sabem direito o que poderão encontrar. Lewis escutou o cabo e os três soldados conversando sobre as ordens recebidas.

— O capitão me disse — murmurou o cabo — "Não hesite em atirar, se houver problema". "Atirar em quê, senhor?", eu perguntei. "No problema", ele respondeu, e foi só isso que deu pra eu arrancar dele.

Os homens resmungaram em resposta. Lewis pensou ter ouvido uma obscura referência a veneno para rato, e ficou curioso para saber sobre o que falavam.

Chegaram ao portão na cerca viva, de onde a trilha levava para Treff Loyne. Seguiram por essa trilha bastante precária, com ervas crescendo entre as pedras frouxamente assentadas, descendo da cerca viva através do campo até o bosque, até que por fim deram com as repentinas barreiras do vale e os resguardados freixais. Ali a trilha contornava a encosta íngreme e dobrava para o sul, seguindo dali por diante a oculta depressão do vale, na sombra das árvores.

Ali estava o recinto da fazenda; os muros externos do pátio, os celeiros, os barracos e os anexos. Um dos fazendeiros escancarou a porteira, entrou no terreiro e sem demora começou a chamar em altos brados:

— Thomas Griffith! Thomas Grifitth! Onde você tá, Thomas Griffith?

Os demais o seguiram. O cabo deu rispidamente uma ordem por cima do ombro e o ruído metálico tilintou quando os homens encaixaram as baionetas e num instante se transformaram em assustadores concessionários da morte, em lugar dos inofensivos sujeitos que apreciavam uma cerveja.

— Thomas Griffith! — berrou de novo o fazendeiro.

Não houve resposta a seus chamados. Mas encontraram o pobre Griffith deitado de bruços à beira do tanque no meio do terreiro. Havia um ferimento horrível no flanco, como se uma estaca afiada lhe tivesse traspassado o corpo.

12

A CARTA DA IRA

Era uma tarde calma de setembro. Vento algum soprava nos bosques alcantilados que, escuros, envolviam a velha casa de Treff Loyne. O único som no ar opaco era o mugido baixo das reses. Parecia que tinham vindo dos campos para perto da porteira do terreiro da fazenda e ali ficaram melancolicamente, como se lamentassem a morte do dono. E os cavalos; quatro animais grandes, pesados e com aspecto de pacientes, que também ali estavam, e, na parte baixa do campo, as ovelhas estavam imobilizadas, como se esperassem ser alimentadas.

— Dá impressão que eles todos sabiam que alguma coisa tava

errada — um dos soldados murmurou para o outro. Um sol pálido surgiu por um momento e reluziu nas baionetas. Estavam de pé ao lado do corpo do pobre Griffith, com um certo horror se esboçando no rosto e nele se solidificando. De repente o cabo lhes disse algo mais uma vez. Estavam preparados. Lewis se ajoelhou ao lado do morto e examinou detidamente a enorme ferida aberta no flanco.

— Faz muito tempo que morreu — disse. — Uma semana, duas semanas, talvez. Foi morto por uma arma pontiaguda. E os familiares? Quantos eram? Eu nunca cheguei a tratar deles.

— Tinha o Griffith, a mulher, o filho Thomas e a filha Mary Griffith. E acho que tinha um hóspede, um senhor, com eles neste verão.

Essa informação foi dada por um dos fazendeiros. Todos se entreolharam, aquele grupo de resgate que nada sabia acerca do perigo que se abatera sobre aquele lar de pessoas moderadas, nada acerca do risco que os levara até aquele terreiro de fazenda em cujo centro jazia um homem morto, e cujos animais haviam parado pacientemente perto dele, como se esperassem o fazendeiro se levantar para lhes dar a ração. Em seguida o grupo se voltou na direção da casa. Era uma construção antiga, do século XVI, com a singular chaminé arredondada "flamenga" que é característica de Meirion. As paredes eram caiadas muito alvas, as janelas profundas e guarnecidas de fasquias de pedra, e uma sólida varanda com piso de pedra protegia a entrada dos ventos que penetravam a depressão daquele vale oculto. As janelas estavam bem fechadas. Não havia no lugar qualquer sinal de vida ou de movimento. Os homens que formavam o grupo se entreolharam e o ecônomo entre os fazendeiros, o sargento de polícia, Lewis e o cabo se reuniram.

— O que há de alvissareiro, doutor? — perguntou o ecônomo.

— Nada tenho para lhes dizer, a não ser que o coração deste pobre homem foi perfurado — respondeu Lewis.

— O senhor acha que eles tão lá dentro e vão atirar na gente? — perguntou outro fazendeiro. Não tinha idéia do que quis dizer com "eles" e nenhum deles também o sabia. Não sabiam qual era a natureza do perigo, ou se poderiam ser vitimados, ou se vinha de fora ou de dentro. Fitaram o homem assassinado e se entreolharam sombriamente.

— Ora! — disse Lewis — temos de fazer alguma coisa. Temos de entrar na casa e ver o que há de errado.

— Sim, mas acho que vão estar de olho na gente quando a gente entrar — retrucou o sargento. — Onde devemos ficar, dr. Lewis?

O cabo colocou um de seus homens ao lado da porteira na parte superior do terreno da fazenda, outro ao lado da porteira na parte inferior, e ordenou que fossem firmes e disparassem. O médico e os demais abriram o pequeno portão do jardim da frente e subiram até a varanda e se puseram a escutar junto da porta. O silêncio era absoluto. Lewis pegou uma vara de freixo de um dos fazendeiros e bateu com força três vezes na antiga porta preta de carvalho ornamentada com tachões.

Deu três golpes estrondosos e depois todos aguardaram. Resposta alguma veio de dentro. Tornou a bater, e o mesmo silêncio. Chamou as pessoas no interior da casa, mas não houve resposta. Voltaram-se e olharam-se, aquele grupo de busca e resgate que não sabia o que estava procurando, que inimigo encontraria. Havia uma argola de ferro na porta. Lewis a girou, mas a porta permaneceu fechada. Estava, evidentemente, fechada com tranca ou aferrolhada. O sargento de polícia gritou para dentro que a abrissem, mas de novo não houve resposta.

Consultaram-se. Não havia outra alternativa exceto arrombar a porta, e um deles disse em altos brados que quem quer que estivesse no interior da casa se afastasse da porta, do contrário morreria. Neste exato momento o cão pastor amarelo atravessou saltitante o terreno, saído do bosque, e lhes lambeu a mão e mostrou afeição e latiu com alegria.

— De fato — disse um dos fazendeiros —, ele sabia que tinha alguma coisa errada. Mas que pena, Thomas Williams, que a gente não seguiu ele quando ele pediu pra gente domingo passado.

O cabo fez um gesto para que todos recuassem, e todos se detiveram com uma expressão de pavor diante da entrada da varanda. O cabo retirou a baioneta e disparou no buraco da fechadura, alertando mais uma vez antes de fazer fogo. Disparou mais duas vezes, tão pesada e firme era a velha porta, tão fortes os ferrolhos e as cavilhas. Por fim teve de disparar nos enormes gonzos e, em seguida, todos pressionaram juntos e a porta se desprendeu numa guinada e tombou para a frente. O cabo ergueu a mão esquerda e recuou alguns passos. Gritou para os dois homens postados acima e abaixo do terreiro. Tudo corria bem com eles, disseram. E então o grupo pisou na porta caída e com dificuldade entrou no corredor que levava à cozinha da casa.

O pequeno Griffith jazia morto em frente da lareira, em frente de um fogo morto de cinzas brancas. Prosseguiram na direção da sala e na entrada do cômodo estava o corpo do artista, Secretan, como se tivesse caído ao tentar chegar à cozinha. No andar de cima, as duas mulheres, a sra. Griffith e a filha, uma moça de dezoito anos de idade, jaziam juntas na cama no enorme quarto, agarradas uma à outra.

Examinaram os outros cômodos da casa, vasculharam as despensas, a cozinha dos fundos e os porões. Ali não havia vida.

— Olhem! — disse o dr. Lewis, quando retornaram à cozinha principal. — Olhem! É como se tivessem sido sitiados. Estão vendo aquele pedaço de toucinho defumado, mastigado pela metade?

Em seguida encontraram pedaços de toucinho, cortados dos flancos do toucinho pendurado na parede da cozinha, em outras partes da casa. Não havia pão, não havia leite, não havia água.

— E — disse um dos fazendeiros — aqui tem a água de melhor qualidade de todo o Meirion. A fonte fica lá embaixo no bosque. Uma água bastante famosa. Os velhos costumavam chamar ela de Ffynnon Teilo. Diziam que era a Fonte do São Teilo.

— Devem ter morrido de sede — disse Lewis. — Estão mortos há muitos, muitos dias.

Os homens do grupo permaneceram de pé na enorme cozinha, entreolhando-se, uma terrível perplexidade nos olhos. Os mortos estavam à volta deles, dentro e fora da casa, e era inútil perguntar por que haviam morrido daquela maneira. O velho fora morto com o golpe perfurante de alguma arma pontiaguda; os demais morreram, parecia provável, de sede. Mas que possível inimigo era aquele, que sitiou a fazenda e trancou os moradores dentro da casa? Não havia resposta.

O sargento de polícia falou que ia buscar uma carroça e transportar os corpos para Porth, e o dr. Lewis foi para o cômodo que Secretan usara como sala de estar, com o intuito de recolher qualquer objeto pessoal do artista morto que lá encontrasse. Meia dúzia de pastas para papéis estavam empilhadas num canto, havia alguns livros sobre uma mesinha, uma vara de pescar e uma cesta atrás da porta — isso parecia tudo. Sem dúvida haveria roupas e coisas assim no andar de cima, e Lewis estava prestes a se reunir com os demais na cozinha quando baixou o olhar e bateu os olhos em alguns papéis espalhados ao lado dos livros na mesinha. Numa das folhas, leu com espanto estas palavras: "Dr. James Lewis, Porth". Tinham sido escritas com garranchos vacilantes e, ao examinar as outras folhas, ele constatou que estavam cobertas de escrita.

A mesa ficava num canto escuro do cômodo, de modo que Lewis recolheu as folhas de papel e as levou consigo até o poial da janela e começou a ler, pasmo com algumas frases sobre as quais seu olhar caía. Mas o manuscrito estava em desordem; como se o homem que o escrevera não tivesse sido capaz de colocar as folhas numa seqüência apropriada. Levou algum tempo para Lewis colocar cada página no devido lugar. Este foi o relato que ele leu, com um espanto cada vez maior, enquanto no terreiro dois fazendeiros atrelavam um dos cavalos à carroça e os outros começavam a levar para baixo as mulheres mortas.

Não creio que vou sobreviver muito mais tempo. Faz muito tempo que compartilhamos as últimas gotas de água. Não sei quantos dias atrás. Adormecemos e sonhamos e andamos pela casa nos nossos sonhos, e com freqüência não tenho certeza se estou acordado ou ainda dormindo, de modo que os dias e as noites se confundem na minha mente. Acordei não faz muito tempo, pelo menos suponho que acordei, e constatei que estava deitado no corredor. Estava com uma confusa sensação de que tinha tido um sonho medonho que parecia terrivelmente real, e por um momento pensei que era um grande alívio saber que não era verdadeiro, o que quer que fosse. Resolvi fazer um bom e longo passeio para espairecer, e então olhei em volta e constatei que estive deitado nas pedras do chão do corredor; e de novo me lembrei de tudo. Não tinha feito o passeio.

Faz algum tempo que não vejo a sra. Griffith ou a filha dela. Elas disseram que iam subir para o quarto para descansar. No começo eu as ouvi se movimentarem no quarto, agora não ouço nada. O pequeno Griffith está deitado na cozinha, em frente da lareira. Estava falando consigo mesmo sobre a colheita e sobre o tempo quando fui para a cozinha pela última vez. Tive a impressão de que ele não sabia que eu estava lá, uma vez que continuou a engrolar muito depressa em voz baixa, e depois começou a chamar o cão, Tigre.

Parece não haver esperança para nós. Estamos num sonho de morte...

Nesse ponto o manuscrito se tornou ininteligível por meia dúzia de linhas. Secretan escrevera repetidamente as palavras "sonho de morte" três ou quatro vezes. Começara uma palavra nova e a riscara e então seguiram-se estranhos caracteres sem sentido, o alfabeto, pensou Lewis, de um idioma terrível. E depois a escrita se tornou clara, mais clara do que estava no início do manuscrito, e as frases fluíram com mais facilidade, como se a nuvem na mente de Secretan se tivesse dissipado por um breve período. Houve um novo começo, por assim dizer, e o missivista recomeçou com letra comum:

Prezado dr. Lewis,

Espero que o senhor me desculpe por toda essa confusão e divagação. A minha intenção era começar a escrever-lhe uma carta adequada, e agora descubro esse conteúdo que o senhor acabou de ler — se é que esta carta chegará às suas mãos. Não tenho energia nem mesmo para rasgá-la. Se vier a lê-la, o senhor saberá em que triste situação me encontrei quando a escrevi. Parece um delírio ou um sonho ruim, e mesmo agora, embora pareça que a minha mente desanuviou um pouco, tenho de fazer um tremendo esforço para me certificar de que as experiências dos últimos dias neste lugar medonho são verdadeiras, coisas reais, não um longo pesadelo do qual deverei despertar em breve e dar comigo na minha casa em Chelsea.

Acerca desta carta, eu disse "se é que chegará às suas mãos", e não tenho a menor certeza de que isso ocorrerá. Se o que está acontecendo aqui estiver acontecendo em algum outro lugar, então, creio, o fim do mundo se aproxima. Não consigo compreendê-lo, mesmo agora mal consigo acreditar nisso. Sei que sonho sonhos tão desvairados e mergulho em ilusões tão alucinadas que tenho de olhar para fora e ao redor para me certificar de que ainda não estou sonhando.

Lembra-se da conversa que tivemos há uns dois meses quando jantamos juntos? Passamos, de um modo ou de outro, para o espaço e o tempo, e creio que concordamos que, logo que tentamos raciocinar sobre o espaço e o tempo, desembocamos num labirinto de contradições. O senhor disse algo no sentido de que isso era bastante curioso mas que era mais como um sonho. "Um homem às vezes acorda de um sonho louco", o senhor disse, "ao se dar conta de que está pensando disparates." E nós dois nos perguntamos se essas contradições que não se consegue evitar, quando se começa a pensar no tempo e no espaço, não podem de fato ser provas de que a vida como um todo é um sonho, e a lua e as estrelas, fragmentos de um pesadelo. Tenho pensado nisso com freqüência ultimamente. Chuto as paredes, como o Dr. Johnson chutou as pedras, para me certificar de que as coisas à minha volta estão lá. E então me ocorre aquele outro problema — está o mundo realmente chegando ao fim, o mundo tal como sempre o conhecemos? Mas como será o novo mundo? Não sou capaz de imaginá-lo; é uma história como a Arca de Noé e o Dilúvio. As pessoas costumavam falar do fim do mundo e do fogo, porém ninguém nunca pensou em algo assim.

Mas há uma outra coisa que me preocupa. De vez em quando me pergunto se não enlouquecemos todos completamente nesta casa. Apesar do que vejo e sei, ou, talvez, deveria dizer, porque o que vejo e sei é tão impossível, pergunto-me se não estamos todos sofrendo de um delírio. Talvez sejamos os nossos próprios carcereiros, e sejamos realmente livres para sair e viver. Talvez o que pensamos ver não exista de modo algum. Creio ter ouvido falar de famílias inteiras que enlouqueceram juntas, e é possível que eu tenha cedido à influência desta casa, tendo nela morado nos últimos quatro meses. Sei de pessoas que foram mantidas vivas por enfermeiros que as alimentaram à força, porque têm certeza de que a garganta dessas pessoas estão fechadas, de modo que elas sentem que não têm condição de engolir um naco sequer. Pergunto-me, de vez em quando, se não estamos na mesma situação aqui em Treff Loyne. No entanto, no íntimo, tenho certeza de que não é este o caso.

Contudo, não quero deixar uma carta escrita por um louco, por isso não vou lhe relatar a história integral do que vi, ou acredito ter visto. Se sou um homem de espírito são, o senhor mesmo será capaz de preencher os vazios com base no seu próprio conhecimento. Se sou louco, queime a carta e nada diga a respeito dela. Ou, talvez — e, na verdade, não estou muito certo —, eu acorde e ouça Mary Griffith chamando meu nome com aquela voz alegre e monocórdia e dizendo que o café da manhã estará pronto "daqui a um minutinho", e irei me deliciar com ele e irei até Porth para lhe contar o sonho mais bizarro e horrível que um homem jamais teve, e lhe perguntar qual o remédio mais eficaz que eu deveria tomar.

Acho que foi na terça-feira que percebemos pela primeira vez que havia alguma coisa estranha, porém na oportunidade não sabíamos que havia algo realmente estranho naquilo que percebemos. Eu tinha passado o dia fora desde as nove horas da manhã, tentando pintar o pântano, e senti uma grande dificuldade em fazê-lo. Voltei para casa umas cinco ou seis horas da noite e encontrei a família na Treff Loyne rindo do velho Tigre, o cão pastor. Ele estava dando corridinhas entre o terreiro e a porta da casa, latindo, emitindo ganidos breves e rápidos. A sra. Griffith e a srta. Griffith estavam de pé junto do alpendre, e o cão corria até elas, olhava bem para o rosto delas e depois atravessava correndo o terreiro até a porteira, e aí olhava para trás emitindo esse latido ansioso, como se esperasse que as mulheres o seguissem. Depois, repetidas vezes, corria até elas e lhes puxava a barra da saia, como se para arrastá-las à força para longe da casa.

Mais tarde, quando os homens voltaram do trabalho no campo, o cão repetiu essa ação. Corria de um lado para outro no terreiro, entrava e saía do celeiro e dos anexos, latindo; e sempre se dirigia à pessoa com ansiedade e logo se afastava, olhava para trás como se para ver se o estavam seguindo. Quando a porta da casa se fechou, e todos estavam sentados à mesa para jantar, ele não lhes deu sossego, até que por fim o puseram para fora. E então ele se sentou na varanda e raspou a porta com as patas, latindo o tempo todo. Quando a filha do casal me trouxe a refeição, ela disse: "A gente não sabe o que tá acontecendo com o velho Tigre, ele que sempre foi um cão muito bom".

O cão latiu e ganiu e uivou e raspou a porta a noite inteira. Deixaram-no entrar uma vez, mas parece que ele ficou desvairado demais. Corria de um membro da família para outro; os olhos estavam congestionados, a boca espumava, e ele arranhava as roupas com as unhas até que foi posto de novo para fora na escuridão. Depois irrompeu num longo e melancólico uivo de angústia, e dele não soubemos mais.

13

AS ÚLTIMAS PALAVRAS DO SR. SECRETAN

Dormi mal naquela noite. Acordei várias vezes de sonhos agitados e, durante o sono, pareceu que eu ouvia estranhos chamados, ruídos, o som de murmúrios e batidas à porta. Havia também vozes profundas e abafadas que ecoavam no meu sono, e, quando acordei, ouvi o vento outonal, fúnebre, nas colinas acima da casa. Sobressaltei-me uma vez com um grito medonho nos meus ouvidos. Mas a casa toda estava tranqüila e de novo mergulhei num sono agitado.

Foi logo depois de amanhecer que por fim despertei. As pessoas na casa conversavam alto, discutindo alguma coisa que eu não conseguia entender.

— São aqueles malditos ciganos, escute o que eu te digo — disse o velho Griffith.

— Mas por que é que iam fazer uma coisa dessa? — perguntou a sra. Griffith. — Se agora foi roubo...

— É mais provável que o John Jenkins fez isso por despeito — disse o filho. — Ele falou que não ia se esquecer do senhor quando a gente flagrou ele pescando na propriedade da gente.

Pareciam intrigados e com raiva, tanto quanto pude perceber, mas de modo algum amedrontados. Levantei-me e comecei a me vestir. Acho que não olhei para fora pela janela. O espelho na minha penteadeira é alto e comprido, e a janela é pequena. Seria preciso enfiar a cabeça pela lateral do espelho para enxergar alguma coisa.

As vozes continuavam a discutir no andar térreo. Ouvi o velho dizer:

— Bom, de qualquer maneira, isto é pra começar — e a porta se fechou com uma batida.

Um minuto depois o velho chamou, acho, o filho. Depois houve um barulho tremendo que não vou descrever com detalhes, um grito e um choro medonhos dentro da casa, e um som de passos apressados. Todos gritaram um pelo outro de imediato. Ouvi a filha gritando: "é inútil, mãe, ele tá morto; na verdade o mataram", e a sra. Griffith gritava para a filha que a soltasse. Então um deles saiu correndo da cozinha e pôs as enormes trancas de carvalho na porta, justo no momento em que algo bateu contra ela com um ruído estrondoso.

Corri para o térreo. Encontrei-as numa desvairada confusão, numa agonia de dor, horror e espanto. Era como se tivessem visto algo tão medonho que enlouqueceram.

Fui à janela e olhei para o terreiro. Não vou lhe contar tudo o que vi. Mas vi o pobre velho Griffith caído ao lado do tanque, o sangue jorrando do flanco.

Quis sair e trazê-lo para dentro. Porém elas me disseram que ele estava definitivamente morto, e também que era bastante claro que quem quer que saísse da casa não viveria mais do que um instante. Não podíamos acreditar no que víamos, mesmo enquanto olhávamos para o corpo do morto. Mas estava lá. Eu costumava me perguntar às vezes o que uma pessoa sentiria se visse uma maçã cair da árvore e se alçar no ar e desaparecer. Agora acho que sei o que ela sentiria.

Mesmo então não acreditávamos que fosse durar. Não estávamos seriamente apreensivos por nós mesmos. Falamos de deixar a casa dali a uma ou duas horas, antes do jantar, de qualquer modo. Não poderia durar, porque era impossível. De fato, ao meio-dia, o pequeno Griffith disse que iria até o poço pelo caminho de trás para buscar mais um balde de água. Fui até a porta e fiquei a postos. Ele mal tinha andado uns doze metros quando o atacaram.

Ele correu imediatamente para dentro e fizemos o possível para trancar a porta a tempo. E então comecei a sentir medo.

Ainda assim, não podíamos acreditar. Alguém apareceria nos chamando dali a umas duas horas e tudo se dissolveria e desapareceria. Não poderia haver qualquer perigo real. Havia uma grande quantidade de toucinho defumado na casa, metade da fornada semanal de pães, um pouco de cerveja no porão, mais ou menos meio quilo de chá e um jarro inteiro de água que fora tirada do poço na noite anterior. Passaríamos sem problema o resto do dia e na manhã seguinte tudo estaria terminado.

Mas dois dias se passaram e ainda estavam lá. Eu sabia que Treff Loyne é um lugar solitário — por isso vim para cá, para ter um longo descanso de toda a confusão, todo o burburinho e toda a agitação de Londres, que dá vida ao homem mas também o mata. Vim para Treff Loyne porque está fincada no vale estreito à sombra dos freixos, distante de qualquer caminho. Não há mais do que uma trilha nas proximidades; nunca ninguém veio por lá. O pequeno Griffith me falou que a casa mais próxima fica a uns três quilômetros daqui, e a idéia da paz e do retiro silenciosos da fazenda era uma satisfação para mim.

E agora essa idéia me ocorreu de novo sem qualquer satisfação, com terror. Griffith pensou que um grito poderia ser ouvido numa noite calma no topo do Allt, "se um homem estiver atento para isso", acrescentou, hesitante. A minha voz era mais audível do que a dele e, na segunda noite, eu disse que ia subir para o meu quarto e gritar por socorro pela janela aberta. Esperei até que tudo estivesse escuro e calmo e olhei pela janela antes de abri-la. E então vi, acima da aresta do longo celeiro, do outro lado do terreiro, o que parecia ser uma árvore, embora eu soubesse que lá não havia árvore. Era um vulto negro contra o céu, com galhos bastante estirados, uma árvore de folhagens espessas e densas. Perguntei-me o que poderia ser e escancarei a janela, não só porque gritaria por socorro mas também porque eu queria enxergar mais claramente o que era de fato a vegetação escura acima do celeiro.

Vi na profundeza daquela escuridão pontos de fogo, e luzes coloridas, tudo reluzindo e se movendo, e o ar tremulava. Olhei fixamente dentro da noite e a árvore negra se ergueu acima do telhado do celeiro e se elevou no ar e flutuou na minha direção. Não me mexi até que, no último instante, ela estava próxima da casa, e então vi o que era e fechei a janela com uma batida antes que fosse tarde demais. Tive de pelejar, e vi a árvore, como uma nuvem em chamas, erguer-se na noite e tornar a baixar e se assentar acima do celeiro.

    Contei isso para elas no andar térreo. Empalideceram, e a sra. Griffith falou que os demônios antigos estavam à solta e saíram das árvores e das velhas colinas por causa da maldade que reinava na Terra. Começou a murmurar algo para si mesma, algo que, para mim, soava como latim imperfeito.

    Tornei a subir para meu quarto uma hora depois, mas a árvore negra se avolumava acima do celeiro. Outro dia se passou e, ao anoitecer, olhei para fora, mas os olhos de fogo me observavam. Não me atrevi a abrir a janela.

    E então pensei num outro plano. Há a enorme e antiga lareira, cuja chaminé redonda flamenga se eleva bem acima da casa. Se ficasse sob ela e gritasse, achei que o som talvez se propagasse melhor do que se chamasse pela janela. Pelo que sei, a chaminé redonda poderia funcionar como uma espécie de megafone. Noite após noite, portanto, fiquei sob a chaminé, a pedir socorro das nove às onze horas. Pensei neste lugar solitário, encravado no fundo do vale de freixos, das solitárias colinas e terras em volta. Pensei nos pequenos chalés remotos e esperei que a minha voz chegasse aos moradores dentro deles. Pensei na trilha sinuosa no cimo do Allt e nos poucos homens que subiam até lá durante a noite. Porém tinha esperança de que a minha voz fosse ouvida por um deles.

    Mas tomamos toda a cerveja e só podíamos beber água em pequenos goles, e, na quarta noite, a minha garganta estava seca, e comecei a me sentir estranho e fraco. Sabia que a voz que tinha nos pulmões dificilmente chegaria ao campo junto da fazenda.

    Foi então que começamos a sonhar com poços e fontes, a água vertendo muito fria, em pequenas gotas, de lugares rochosos no meio de uma floresta fria. Desistimos de todas as refeições. De vez em quando um de nós cortava um pedaço do lado do toucinho defumado na parede da cozinha e mastigávamos pedacinhos, mas a salinidade era como fogo.

Uma noite, caiu um aguaceiro. A moça disse que poderíamos abrir a janela e estender tigelas e bacias e pegar água de chuva. Mencionei a nuvem com olhos em chamas. Ela retrucou: "Vamos até a janela da leiteria nos fundos e um de nós pode conseguir um pouco de água de qualquer jeito". Ela ficou de pé com a bacia na laje de pedra da leiteria e espiou lá fora e ouviu a chuva chapinhar, caindo muito depressa. E ela destrancou o trinco da janela e apenas a entreabriu com uma mão, mais ou menos a largura de dois dedos, segurando a bacia na outra mão. "E então", ela contou, "tinha alguma coisa que começou a tremer e estremecer e se agitar como aconteceu quando a gente foi ao Festival do Coral, na festa de São Teilo, e o órgão tocou, e bem na minha frente estava a nuvem em chamas."

E então começamos a sonhar, como eu disse. Acordei na minha sala de estar uma tarde quente quando o sol brilhava, e no meu sonho eu procurava e vasculhava a casa inteira, e desci até o velho porão que não era usado, o porão com os pilares e o salão arcado, com um pique de ferro na mão. Alguma coisa me dizia que lá havia água e, no meu sonho, aproximei-me de uma pedra pesada ao lado do pilar do centro e a levantei, e lá, embaixo dela, estava um poço borbulhante de água fria e cristalina, e, no que fechei a mão para bebê-la, acordei. Fui até a cozinha e contei para o pequeno Griffith. Falei que tinha certeza de que lá havia água. Ele meneou a cabeça negativamente mas pegou o enorme atiçador de fogo da cozinha e descemos para o velho porão. Mostrei-lhe a pedra ao lado do pilar e ele a ergueu. Mas não havia poço.

Sabe que isso me fez lembrar de muitas pessoas que conheci na vida? Não me deixei convencer. Afinal de contas, tinha certeza de que lá havia um poço. Eles tinham um cutelo de açougueiro na cozinha e eu o levei para o velho porão e com ele golpeei o chão. Os outros não se opuseram a isso. Estávamos superando esse tipo de coisa. Mal conversávamos uns com os outros. Cada um andava a esmo pela casa, no andar de cima e no térreo, cada um de nós, creio, compenetrado no seu próprio plano absurdo e desígnio desvairado, mas mal conversávamos. Anos atrás, trabalhei um período como ator e me lembro como era nas primeiras noites. Os atores andando silenciosamente de um lado para outro nos bastidores, junto da entrada, os lábios movendo-se e murmurando as falas dos papéis, mas sem trocarem palavra. Era assim entre nós. Uma noite encontrei o pequeno Griffith tentando obviamente abrir uma passagem subterrânea sob uma das paredes da casa. Eu sabia que ele tinha enlouquecido, assim como ele sabia que eu tinha enlouquecido quando me viu cavando um poço no porão. Mas nada dissemos um ao outro.

Agora já superamos tudo isso. Estamos fracos demais. Sonhamos enquanto estamos acordados e quando sonhamos pensamos que acordamos. Noite e dia vêm e vão, e tomamos um pelo outro. Ouço Griffith falando baixinho consigo mesmo sobre as estrelas quando o sol está a pino ao meio-dia, e à meia-noite dei comigo pensando que caminhei por campinas ensolaradas ao lado de frios regatos céleres que fluíam de rochedos elevados.

Depois, no raiar do dia, figuras de mantos negros, segurando círios acesos nas mãos, passam lentamente por aqui e por ali. E escuto a intensa música do órgão que soa como se algum tremendo ritual estivesse prestes a começar, e vozes clamando num antigo canto agudo saído das profundezas da terra.

Ainda agora há pouco ouvi uma voz que soou como se estivesse nos meus próprios ouvidos, mas vibrou e ecoou e ressoou como se estivesse a rolar e reverberou das abóbadas de alguma catedral, entoando em terríveis modulações. Ouvi as palavras muito claramente.

Incipit liber iræ Domini Dei nostri. (Aqui principia O Livro da Ira do Nosso Senhor.)

E então a voz entoou a palavra *Aleph*, alongando-a, parecia que eternamente, e uma luz se extinguiu quando ela iniciou o capítulo:

Neste dia, disse o Senhor, haverá uma nuvem sobre a terra, e na nuvem uma combustão e uma forma de fogo, e da nuvem manarão meus mensageiros; prosseguirão todos juntos, não haverão de extraviar-se; este será um dia de excessiva amargura, sem salvação. E sobre cada colina elevada, diz Jeová, postarei minhas sentinelas e meus exércitos acamparão no lugar de cada vale; na casa que está entre juncos executarei meu julgamento, e em vão buscarão refúgio nas munições das pedras. Nos arvoredos dos bosques, nos lugares em que as folhagens são como uma tenda sobre eles, haverão de encontrar o sabre do assassino; e aqueles que depositarem a confiança em cidades muradas serão amaldiçoados. Desgraça ao homem armado, desgraça àquele que tem prazer na potência de sua artilharia, pois algo ínfimo a ele infligirá derrota, e por aquele que é desprovido de força no solo será derrubado. Aquilo que é baixo será elevado à altura; farei do cordeiro e da jovem ovelha o leão das ondas do Jordão; não haverão de ceder, diz o Senhor, e as pombas serão como as águias na colina Engedi; ninguém que subsista ao assalto de sua batalha será encontrado.

Mesmo agora posso ouvir a voz rolando na distância, como se viesse do altar de uma enorme igreja e eu estivesse à porta. Há luzes muito distantes na cavidade de uma vasta escuridão, e uma por uma elas se apagam. Ouço uma cantando de novo com aquela modulação interminável que ascende e aspira às estrelas, e lá brilha, e se precipita para as profundezas escuras da Terra, para de novo ascender. A palavra é *Zain*.

E nesse ponto o manuscrito passou outra vez, e finalmente, para uma completa e lamentável confusão. Havia titubeantes linhas rabiscadas na página na qual Secretan pareceu ter tentado anotar a música espectral que se avolumava nos ouvidos agonizantes. Como mostravam os rabiscos e as rasuras de tinta, ele se esforçara sobremaneira para iniciar uma nova frase. Por fim a caneta caiu de sua mão sobre o papel, deixando nele uma nódoa e um borrão.

Lewis escutou o arrastar de pés ao longo do corredor. Estavam carregando os mortos para a carroça.

14

O FIM DO TERROR

O dr. Lewis afirmou que jamais começaríamos a entender o verdadeiro significado da vida antes de começarmos a estudar precisamente os aspectos dela que agora rejeitamos e ignoramos por serem inteiramente inexplicáveis e, portanto, sem importância.

Estavámos conversando, há alguns meses, sobre a medonha sombra do terror que por fim se dissipara no país. Eu tinha formado minha opinião, em parte com base na observação, em parte com base em determinados fatos que me foram comunicados, e, depois de trocados os santo-e-senhas, constatei que Lewis chegara à mesma conclusão por meios diferentes.

— E no entanto — disse ele — não é uma verdadeira conclusão, ou, antes, como todas as conclusões da investigação humana, leva-nos a um grande mistério. Temos de admitir que o que aconteceu poderia ter acontecido em qualquer época da história do mundo. Não aconteceu até um ano atrás, é verdade, e por isso concluímos que jamais aconteceria. Ou, melhor dizendo, escapou até mesmo ao alcance da imaginação. Mas nós somos assim. As pessoas, na maioria, têm certeza de que a Peste Negra — ou a peste bubônica — jamais tornará a se alastrar na Europa. Elas concluíram, complacentemente, que a peste se deveu à imundície e ao precário sistema de esgotos. Na verdade, a peste bubônica nada teve a ver com imundície ou com esgotos. E não há nada que a impeça de devastar a Inglaterra amanhã. Mas se você disser isso para as pessoas, elas não vão acreditar. Não vão acreditar em nada que não esteja presente no exato momento em que você conversa com elas. O caso do terror é análogo ao caso da peste. Não podíamos acreditar que uma tal coisa um dia viesse a acontecer. Remnant afirmou, com razão, que, o que quer que fosse, escapava à teoria, escapava à nossa teoria. A superfície não crê no cubo ou na esfera.

Concordei com tudo isso. Acrescentei que, às vezes, o mundo é incapaz de ver o que está diante de nossos olhos, quanto menos acreditar nele.

— Basta examinar — eu disse — qualquer estampa de uma

catedral gótica do século XVIII. Você irá constatar que mesmo o olho artístico treinado não conseguiu enxergar, em qualquer sentido verdadeiro, o prédio que estava diante dele. Vi uma antiga estampa da Catedral de Peterborough que parece como se o artista a tivesse desenhado a partir de um modelo tosco, construído de arame torcido e tijolos de brinquedo.

— Exatamente. Porque o gótico escapava à teoria estética (e, portanto, à visão) da época. Você não acredita naquilo que não vê; ou melhor: você não vê aquilo em que não acredita. Foi assim durante o período do terror. Tudo isso corrobora o que Coleridge afirmou acerca da necessidade de ter a idéia antes de os fatos serem úteis a alguém. Evidentemente, ele estava certo. Meros fatos, sem a idéia correlacionada, nada significam e levam a nenhuma conclusão. Tivemos fatos em abundância, mas nada pudemos entender a partir deles. Voltei para casa no fim daquela terrível procissão que saiu da Treff Loyne num estado mental muito próximo da demência. Ouvi um dos soldados dizer para o outro: "Não tem rato que fure o coração de um homem, Bill". Não sei por que, mas senti que, se ouvisse mais um pouco desse tipo de conversa, eu enlouqueceria. Tive a impressão de que as âncoras da razão estavam me abandonando. Despedi-me do grupo e tomei um atalho pelos campos até Porth. Fui ver Davies, na rua do comércio, e combinamos que ele cuidaria de todos os pacientes que me procurassem naquela tarde, e de lá fui para casa e instruí meu assistente para despachar as pessoas. Depois fiquei sozinho para raciocinar — se conseguisse. Não pressupunha que minhas experiências naquela tarde me proporcionariam a menor iluminação. Na verdade, se não tivesse visto o corpo do pobre velho Griffith trespassado e caído no terreiro de sua própria fazenda, acho que tenderia a aceitar uma das sugestões do Secretan, e acreditar que a família inteira fora vítima de um delírio ou de uma alucinação coletivos, e se trancara dentro da casa e morrera de sede devido a uma loucura absoluta. Creio que houve casos semelhantes. É a insanidade da inibição, a convicção de que não se é capaz de fazer algo que se está perfeitamente capacitado para fazer. Acontece, porém, que vi o corpo do homem assassinado e a ferida que o matou. Mas então o manuscrito deixado por Secretan não me deu pista alguma? Bom, no meu entender, tornou a confusão ainda mais confusa. Você o viu. Sabe que em determinadas passagens é, obviamente, mero delírio, devaneios de uma mente agonizante. Como poderia eu separar os fatos dos fantasmas — sem a chave de todo o enigma? O delírio é muitas vezes uma espécie de sonho, uma espécie de sombra ampliada e distorcida de fatos, mas é uma coisa muitíssimo difícil, uma coisa quase impossível, reconstruir a casa real a partir da distorção dela, lançada nas nuvens do cérebro do paciente. Veja, Secretan, ao escrever aquele documento insólito, quase insistiu no fato de que não estava com o juízo perfeito, de que por dias estivera em parte adormecido, em parte desperto, em parte delirante. Como se pode avaliar essa declaração, separar o delírio do fato? Numa coisa ele permaneceu coerente. Você se lembra de que ele fala de pedir socorro pela chaminé da Treff Loyne. Isso parece se enquadrar nas histórias de um grito lamentoso e abafado que se ouviu no cimo do Allt: até aqui podemos considerar que ele faz um registro de experiências reais. Inspecionei os velhos porões da fazenda e encontrei uma espécie de toca de coelho cavada freneticamente ao lado de um dos pilares. De novo, ele foi coerente. Mas o que entender da história da voz que cantava, das letras do alfabeto hebraico e do capítulo extraído de um profeta menor? Quando se possui a chave, fica bastante fácil separar os fatos, ou as sugestões de fatos, dos delírios. Mas eu não possuía a chave naquela noite de setembro. Estava me esquecendo da "árvore" com fogos. Isso, acho, impressionou-me mais do que qualquer outra coisa, com a sensação de que a história de Secretan era, fundamentalmente, uma história verdadeira. Eu mesmo vi uma aparição semelhante no meu jardim. Mas o que era aquilo? Agora, eu estava dizendo que, paradoxalmente, é apenas com as coisas inexplicáveis que a vida pode ser explicada. Tendemos a dizer, como você sabe, "uma estranha coincidência", e pomos a questão de lado, como se nada mais houvesse para dizer, ou como se com isso ela terminasse. Bom, acredito que a única senda real se dá através de becos sem saída.

— O que é que você quer dizer com isso?

— Bem, vou lhe dar um exemplo do que eu quero dizer. Eu lhe contei a respeito of Merritt, meu cunhado, e do naufrágio do barco, o *Mary Ann*. Ele viu, segundo ele, sinais de luz piscando de uma das fazendas no litoral, e estava bastante seguro de que as duas coisas se relacionavam intimamente, como causa e efeito. Achei tudo isso um contra-senso, e comecei a pensar em como fazê-lo parar de falar sobre isso quando uma enorme mariposa entrou voando na sala por aquela janela, esvoaçou e acabou se queimando viva no lampião. Isso me deu uma idéia. Perguntei ao Merritt se ele sabia por que as mariposas mergulhavam no fogo, ou algo assim. Achei que seria uma indicação para ele de que eu estava cansado de ouvi-lo falar de sinais de luz e de suas teorias simplórias. E foi o que aconteceu. Ele pareceu ficar mal-humorado e se calou. Mas, alguns minutos mais tarde, fui chamado por um homem que tinha encontrado o filhinho morto no campo perto de seu próprio chalé uma hora antes. O menino estava tão imóvel, disseram, que uma enorme mariposa havia pousado em sua fronte e só bateu asas quando ergueram o corpo. Era totalmente ilógico. Mas foi essa "estranha coincidência" da mariposa no meu lampião e da mariposa na fronte do menino morto que pela primeira vez me colocou na pista. Não posso dizer que isso me guiou num sentido verdadeiro. Era mais como o brilho de uma pintura vermelha intensa numa parede. Chamou minha atenção, digamos assim. Foi uma espécie de choque, como uma batida num enorme tambor. Sem dúvida, o que Merritt estava falando naquela noite era uma grande tolice, com relação ao caso apresentado por ele. Os sinais de luz emitidos da fazenda nada tinham a ver com o naufrágio do navio. Esse princípio geral, porém, era judicioso. Quando se ouve o disparo de uma arma e se vê um homem cair, é inútil falar de "uma mera coincidência". Acho que se poderia escrever um livro bastante interessante a respeito disso: eu lhe daria o título de *Uma gramática da coincidência*. Mas, como você deve se lembrar, tendo lido minhas notas sobre o caso, uns dez dias depois fui chamado para ver um homem de nome Cradock, que fora encontrado morto num campo perto de sua própria fazenda. Isso também foi à noite. Quem o encontrou foi a mulher, e, na história que ela relatou, havia coisas muito estranhas. Ela disse que a cerca viva do campo parecia mudada. Começou a recear que tinha se perdido e entrado no campo errado. Depois disse que a cerca viva estava iluminada, como se nela houvesse uma porção de vaga-lumes, e, quando olhou por cima dos degraus da cerca, parecia haver uma espécie de luz bruxuleante no chão. Em seguida a luz se dissolveu e ela descobriu o corpo do marido perto de onde a luz estivera. Agora, esse homem, Cradock, fora asfixiado tal como o menino Roberts, assim como fora asfixiado o homem no condado central da Inglaterra que tomara um atalho uma noite. Lembrei-me, então, de que o pobre Johnnie Roberts tinha falado de "alguma coisa brilhante" acima dos degraus da cerca viva, um pouco antes de se desgarrar dos irmãos. Depois, de minha parte, adicionei a extraordinária visão que eu mesmo testemunhei aqui, ao olhar o jardim lá embaixo: a aparição de uma árvore que se expandia onde, eu sabia, não havia tal árvore, de luzes cintilantes e ardentes e cores em movimento. Tal como o pobre menino e a sra. Cradock, vi algo brilhante, assim como um homem de Stratfordshire viu uma nuvem negra com pontos de fogo flutuando sobre as árvores. E a sra. Cradock achou que a forma das árvores junto da cerca viva havia mudado. Minha mente quase emitiu a palavra procurada. Mas você entende as dificuldades disso. Esse conjunto de circunstâncias não pode, tanto quanto entendo, ter qualquer relação com as outras circunstâncias do terror. Como poderia eu relacionar tudo isso com as bombas e as metralhadores dos condados centrais da Inglaterra, com os homens armados que guardavam dia e noite os armazéns de munição? Depois havia a longa lista de pessoas daqui que caíram dos penhascos e para o fundo da pedreira; havia o caso dos homens afogados no lodaçal do pântano; havia o caso da família assassinada na frente do chalé em que morava na Estrada Mestra; havia o naufrágio do *Mary Ann*. Todos me pareciam irremediavelmente desconexos. Eu não conseguia estabelecer relação alguma entre o agente que destroçou o cérebro dos integrantes da família Williams e o agente que virou o barco. Não sei, mas penso que é bastante provável que, se nada mais tivesse acontecido, eu tivesse atribuído tudo a uma enigmática série de crimes e acidentes que por acaso ocorreram em Meirion no verão de 1915. Bem, evidentemente esse teria sido um ponto de vista insustentável, considerando-se determinados incidentes na história de Merritt. No entanto, quando nos defrontamos com o insolúvel, nós por fim o deixamos passar. Se o mistério é inexplicável, pretendemos que não há mistério algum. Essa é a justificativa para o que se chama livre-pensamento. Em seguida se deu esse extraordinário caso da fazenda Treff Loyne.

Não pude pô-lo de lado. Não pude fazer de conta que nada estranho ou insólito aconteceu. Não havia como passar por cima disso ou contornar isso. Eu tinha visto com meus próprios olhos que havia um mistério, e um mistério dos mais horríveis. Esqueci-me da minha lógica, mas pode-se dizer que Treff Loyne demonstrou a existência de um mistério na figura da morte. Voltei para casa tendo tudo isso em mente, como lhe disse, e passei a noite pensando nisso. Fiquei estarrecido, não só com todo o horror mas, de novo, com a discrepância entre as condições. O velho Griffith, tanto quanto pude julgar, fora morto com o golpe de um pique ou talvez de uma estaca afiada: como relacionar isso com a árvore ardente que flutuara sobre a aresta do celeiro? É como se eu lhe dissesse: "Aqui está um homem afogado, e aqui está um homem queimado vivo; demonstre que cada uma dessas mortes foi causada pelo mesmo agente!". E no momento em que pus de lado o caso específico da Treff Lloyne, para tentar lançar sobre ele alguma luz a partir dos outros exemplos do terror, pensei no homem do condado central da Inglaterra que ouviu os pés de milhares de homens farfalhando no bosque, as vozes deles como se de mortos que, sentados sobre os próprios ossos, conversassem. E então me perguntei: "O que dizer do barco virado no mar calmo?". Parecia não haver fim para isso, nenhuma esperança de qualquer solução. Foi, creio, um repentino salto do pensamento que me libertou do emaranhado. Bem longe da lógica. Tornei a refletir sobre aquela noite em que Merritt estava me aborrecendo com os sinais de luz, sobre a mariposa na vela e sobre a mariposa pousada na fronte do pobre Johnnie Roberts. Isso não fazia qualquer sentido, mas, de repente, conclui que o menino e Joseph Cradock, o fazendeiro, assim como aquele homem anônimo de Stratfordshire, todos encontrados à noite, todos asfixiados, tinham sido sufocados por uma enorme quantidade de mariposas. Mesmo agora não tenho a menor pretensão de que isso seja demonstrável, mas tenho certeza de que é verdadeiro. Agora, suponha que você se depare com um bando dessas criaturas na escuridão. Suponha que as menores delas voem para dentro de suas narinas. Você vai ofegar, desesperado para respirar, e abrir a boca. Depois, suponha que algumas centenas delas voem para dentro de sua boca, para dentro de sua garganta, para dentro de sua traquéia.

O que acontecerá com você? Morrerá dentro de um período muito breve, sufocado, asfixiado.

— Mas as mariposas também morreriam. Seriam encontradas no interior do corpo.

— As mariposas? Sabe que é extremamente difícil matar uma mariposa com cianeto de potássio? Pegue uma rã, mate-a, abra-lhe o estômago. No interior dela você encontrará o jantar composto de mariposas e pequenos besouros, e o "jantar" irá se agitar e se retirar alegremente, para reiniciar uma existência inteiramente ativa. Não, isso não é difícil. Bom, então cheguei ao seguinte. Eu estava excluindo todos os outros casos. Estava me restringindo aos que se adequavam a uma fórmula específica. Cheguei à suposição, ou à conclusão, como você preferir, de que algumas pessoas tinham sido asfixiadas pela ação de mariposas. Eu tinha encontrado uma explicação para aquela extraordinária experiência das luzes ardentes e coloridas que eu mesmo vira, quando avistei o crescimento da estranha árvore no jardim. Era, claramente, a nuvem com pontos de fogo que o homem de Stratfordshire tomou por um novo e terrível tipo de gás tóxico; era a coisa brilhante que o pobrezinho do Johnnie Roberts vira acima dos degraus da cerca viva; era a luz cintilante que conduzira a sra. Cradock ao cadáver do marido; era o conjunto de olhos terríveis que vigiavam Treff Loyne à noite. Assim que me achei na pista certa, compreendi tudo isso, pois, ao entrar neste cômodo às escuras, fiquei pasmo com o assombroso ardor e as estranhas cores flamejantes dos olhos de uma única mariposa, enquanto ela subia pela vidraça da janela, do lado de fora. Imagine o efeito de miríades de olhos semelhantes, do movimento dessas luzes e desses fogos num enorme bando de mariposas, cada inseto a se movimentar constantemente enquanto conserva seu lugar na massa deles: achei que tudo isso era claro e certo. Depois, a próxima etapa. Evidentemente, nada sabemos, de fato, acerca de mariposas. Ou melhor, nada sabemos acerca da realidade das mariposas. Não ignoro que haja centenas de livros que tratam de mariposas e nada mais além de mariposas. Mas são livros científicos, e a ciência lida apenas com a superfície. Não tem nada a ver com realidades. É irrelevante se procura ter alguma coisa a ver com realidades. Tomemos um detalhe secundário: não sabemos nem mesmo por que as mariposas desejam a chama. Mas sabemos o que as mariposas não fazem: não se reúnem em bandos com o propósito de destruir a vida humana. Mas aqui, segundo a hipótese, houve casos em que a mariposa fez exatamente isso. A raça das mariposas tramou, ao que parece, uma conspiração maligna contra a raça humana. Algo impossível, sem dúvida — quero dizer, nunca aconteceu antes —, mas não pude evitar tal conclusão. Esses insetos, portanto, se tornaram hostis ao homem, e depois se abstiveram, pois não pude vislumbrar a próxima etapa, embora agora me pareça óbvia. Creio que os fragmentos da conversa dos soldados, na ida a Treff Loyne e na volta, estabeleceram a ligação seguinte que faltava. Eles falaram de "veneno para rato", de rato algum ser capaz de perfurar o coração de um homem com um pique. E então, de repente, vi com clareza. Se as mariposas estavam infectadas com o ódio dos homens, e tinham o propósito e o poder de se unirem contra eles, por que não supor que esse ódio, esse propósito, esse poder, fosse partilhado com outras criaturas não-humanas?

— O segredo do terror poderia ser resumido numa frase: os animais se revoltaram contra os homens.

— Agora, o enigma se tornou bastante fácil. Bastava classificá-lo. Tome os casos das pessoas que morreram despencando do alto dos penhascos ou da beira da pedreira. Consideramos as ovelhas criaturas tímidas, que sempre fogem. Mas imagine uma ovelha que não fuja. E, afinal de contas, por que deveriam fugir? Pedreira ou não, penhasco ou não, o que aconteceria com você se uma centena de ovelhas o perseguisse, em vez de fugir de você? Não haveria salvação. Elas o derrubariam e o pisoteariam até matá-lo ou o sufocariam. Depois, imagine um homem, uma mulher ou uma criança, na beira de um penhasco ou de uma pedreira, e uma súbita investida de ovelhas. Claro que não há salvação. Não há outra saída senão a queda. Não resta dúvida de que foi isso o que aconteceu em todos os casos. E, de novo, você conhece o campo e sabe que um bando de reses às vezes persegue as pessoas de uma maneira solene e obstinada. Comportam-se como se desejassem assediá-las. Gente da cidade às vezes fica sobressaltada e grita e foge. Você e eu não prestaríamos nem atenção, ou, no máximo, brandiríamos a vara na direção das reses, que se deteriam ou se afastariam. A mais velha e meiga vaca, lembre-se, é mais forte do que qualquer homem.

O que pode um homem, ou meia dúzia de homens, fazer contra uma centena desses animais não mais coibidos por aquela curiosa inibição que por séculos fez dos fortes os humildes escravos dos fracos? Mas, se você estivesse estudando as plantas do pântano, como aquele pobre sujeito que passava uma estada em Porth, e quarenta ou cinqüenta reses novas se reunissem pouco a pouco a sua volta, se recusasse a se mover quando você gritasse e brandisse a vara, e em vez disso se aproximasse ainda mais e o impelisse para dentro do lodaçal, então, mais uma vez, qual seria a salvação? Se não tiver uma pistola automática, deve submergir e ficar submerso, enquanto os animais continuam a observá-lo por cinco minutos. Foi uma morte mais rápida para o pobre Griffith, da Treff Loyne — um de seus próprios animais o matou com um preciso golpe do chifre que lhe atravessou o coração. E a partir daquela manhã os que se encontravam dentro da casa foram sitiados por suas próprias reses e cavalos e ovelhas; e quando aqueles desafortunados abriram a janela para pedir socorro ou para pegar algumas gotas da água de chuva para aliviar a sede abrasadora, a nuvem os esperava com sua miríade de olhos de fogo. Pode você se espantar com o relato de Secretan, que, em alguns momentos, revela mania? Você percebe a horrível situação das pessoas no interior da Treff Loyne. Não só viram a morte avançando contra elas como também avançando com passos inacreditáveis, como se devessem morrer não apenas no pesadelo mas também pelo pesadelo. Mas ninguém, no mais impetuoso e desvairado dos sonhos, pôde imaginar tal destino. Não me surpreende que num momento Secretan suspeitasse da prova fornecida por seus sentidos e num outro inferisse que o fim do mundo havia começado.

— Mas e quanto aos Williams, que foram mortos na Estrada Mestra aqui perto?

— Os cavalos foram os assassinos, os cavalos que posteriormente desembestaram pelo acampamento abaixo. De algum modo, que para mim permanece obscuro, eles atraíram a família para fora na estrada e lhes esmagaram a cabeça. As ferraduras dos cascos foram o instrumento de execução. E, quanto ao *Mary Ann*, o barco que naufragou, não tenho dúvida de que foi virado por uma repentina investida dos botos que estavam dando saltos por perto nas águas de Larnac Bay. O boto é um animal pesado, uma meia dúzia deles conseguiria facilmente tombar um barco a remos. As fábricas de munição? O inimigo delas eram ratos. Creio que se calculou que, na "grande Londres", o número de ratos é mais ou menos igual ao número de seres humanos, ou seja, há cerca de sete milhões deles. A proporção seria mais ou menos a mesma em todos os grandes centros populacionais. E o rato, além do mais, tem, de vez em quando, hábitos migratórios. Você entende agora a história do *Semiramis*, batendo-se na foz do Tâmisa e por fim soçobrando em Arcachon, tendo como tripulação pilhas de ossos secos. O rato é um hábil abordador de navios. E desse modo pode-se entender a história contada pelo homem amedrontado que tomou a trilha do bosque que partia da nova fábrica de munições. Ele achou que tinha ouvido mil homens atravessando de manso o bosque e conversando entre si num idioma horrível. O que ele ouviu foi o enfileiramento de um exército de ratos, a formação anterior à batalha. E imagine o terror de um tal ataque. Mesmo um único rato em fúria, como se diz, pode ser um confronto feio. Imagine, então, a irrupção dessas terríveis miríades congregadas, investindo contra os trabalhadores indefesos, despreparados e perplexos nas fábricas de munição.

    Não há dúvida, penso eu, de que as conclusões do dr. Lewis estavam inteiramente fundamentadas. Como disse, cheguei praticamente ao mesmo resultado, por caminhos diferentes. Mas isso no que respeita à situação geral, enquanto Lewis fizera um exame particular das circunstâncias do terror que se achavam ao alcance imediato, na qualidade de médico, profissão que ele exercia no sul de Meirion. De alguns casos examinados, sem dúvida, ele não tinha qualquer conhecimento imediato ou direto. Mas julgara-os por sua similaridade com os fatos que lhe chamaram pessoalmente a atenção. Encarou os incidentes da pedreira de Llanfihangel por analogia com as pessoas encontradas mortas no pé dos penhascos perto de Porth, e decerto, ao fazê-lo, agiu com legitimidade. Contou-me que, ao reconsiderar todo o assunto, ficou menos perplexo com o terror em si do que com a estranha maneira pela qual chegara às conclusões.

    — Sabe — disse ele —, aqueles indícios de má índole dos animais dos quais tínhamos conhecimento, as abelhas que ferroaram a criança até matá-la, os fiéis cães pastores que se tornaram selvagens, e assim por diante... Bem, nada disso me forneceu qualquer luz. Nada me sugeriu o que quer que fosse, simplesmente porque eu não tinha aquela "idéia" que Coleridge corretamente afirma ser necessária em qualquer investigação. Fatos *qua* fatos, como dissemos, nada significam, e levam a nada. Você não crê, logo, não vê. E então, quando por fim a verdade surgiu, foi através da fantástica "coincidência", como denominamos tais sinais, da mariposa no meu lampião e da mariposa pousada na fronte do menino morto. Isso, acho eu, é extraordinário. E parece que há um animal que permaneceu fiel. O cão da Treff Loyne. Isso é estranho. Isso permanece um mistério.

Não seria prudente, mesmo agora, descrever com minúcias as terríveis cenas que se viram nas áreas de munição do norte e do centro do país durante os meses sinistros do terror. Das fábricas saíam, na escura meia-noite, os cadáveres amortalhados em caixões, e seus próprios familiares não sabiam de que modo tinham morrido. Em todas as cidades, inúmeras casas observavam luto, inúmeras casas ressoavam rumores lúgubres e terríveis. Inacreditável, como a inacreditável realidade. Houve coisas feitas e sofridas que talvez jamais venham à luz, cujas recordações e tradições secretas serão murmuradas em famílias, transmitidas de pai para filho, tornando-se mais fantásticas com a passagem dos anos, mas nunca mais fantásticas do que a verdade.

Basta dizer que a causa dos aliados esteve, por algum tempo, em perigo mortal. Os homens na frente de batalha, no extremo da adversidade, pediam armas e bombas. Ninguém lhes contou o que estava ocorrendo nos lugares em que essas munições eram fabricadas.

No princípio, a situação era simplesmente desesperadora. Homens em altos postos estavam quase propensos a gritar "misericórdia" para o inimigo. Após o pânico inicial, porém, tomaram-se medidas, como as descritas por Merritt em seu relato sobre o caso. Os operários estavam de posse de armas especiais, guardas estavam a postos, metralhadoras foram colocadas estrategicamente, bombas e líquidos inflamáveis estavam prontos para ser lançados contra as obscenas hordas inimigas, e as "nuvens ardentes" se defrontaram com um fogo mais feroz do que o delas mesmas. Muitas mortes ocorreram entre os pilotos-aviadores. Mas também eles dispunham de armas especiais, armas que disseminavam chumbo de modo a afastar os vôos sinistros que ameaçavam os aviões.

E então, no inverno de 1915-1916, o terror cessou tão subitamente quanto começou. Uma vez mais a ovelha era um animal assustado que fugia instintivamente de uma criança pequena; as reses eram de novo criaturas solenes e estúpidas, incapazes do mal. O espírito e a convenção do desígnio maligno abandonaram o coração de todos os animais. As correntes de que se libertaram por um período de novo os encadeavam.

E, por fim, o inevitável "por quê?". Por que os animais, que haviam se sujeitado humilde e pacientemente aos homens, ou que se intimidavam com sua presença, de repente se tornaram cientes de sua força, aprenderam a se aliar e declararam uma guerra cruel contra o antigo senhor?

Trata-se de uma pergunta bastante difícil e obscura. Apresento a explicação que tenho para apresentar com uma enorme desconfiança, e com uma evidente disposição para ser corrigido, se uma luz mais clara puder ser proporcionada.

Alguns amigos meus, por cujo juízo crítico tenho um grande respeito, tendem a pensar que houve um contágio de ódio. Afirmam que a fúria do mundo inteiro em guerra, a grande paixão pela morte que parece estar levando a humanidade à destruição, pelo menos infectou essas criaturas inferiores e, substituindo seu natural instinto de submissão, deu-lhes rancor, cólera e rapacidade.

Essa talvez seja a explicação. Não sustento o contrário, porque não pretendo entender o mecanismo do universo. Mas confesso que a teoria me parece extravagante. Pode bem haver um contágio de ódio, assim como há um contágio de varíola. Não sei, mas mal posso acreditar nisso.

Na minha opinião, e é apenas uma opinião, a origem da grande revolta dos animais deve ser buscada numa região mais sutil de investigação. Acredito que os súditos se revoltaram porque o rei abdicou. O homem dominou os animais ao longo dos séculos, o espiritual reinou sobre o racional por meio das peculiares qualidade e graça da espiritualidade que os homens possuem, que fazem de um homem o que ele é. E, quando ele manteve esse poder e essa graça, creio que ficou bastante claro que entre ele e os animais havia um certo tratado e uma certa aliança. Havia supremacia, de um lado, e submissão, de outro. Mas, ao mesmo tempo, havia entre os dois aquela cordialidade que existe entre senhores e súditos num estado bem organizado. Conheço um socialista que sustenta que os *Contos da Cantuária*, de Chaucer, oferecem um retrato da verdadeira democracia. Quanto a isso, não sei, mas percebo que o cavaleiro e o moleiro estavam aptos a se darem agradavelmente bem, só porque o cavaleiro sabia que ele era um cavaleiro e o moleiro sabia que ele era um moleiro. Se o cavaleiro tivesse tido objeções escrupulosas quanto a seu grau de nobreza, enquanto o moleiro não visse por que não poderia ser um cavaleiro, tenho certeza de que a relação entre ambos teria sido difícil, desagradável e, talvez, homicida.

O mesmo se aplica ao homem. Creio na força e na verdade da tradição. Um homem instruído me disse há algumas semanas: "Quando tenho de escolher entre a prova da tradição e a prova de um documento, sempre acredito na prova da tradição. Documentos podem ser falsificados, e com freqüência são falsificados. A tradição nunca é falsificada". Isso é verdadeiro. E, portanto, penso eu, pode-se depositar confiança no vasto conjunto do folclore que afirma ter outrora existido uma valiosa e amistosa aliança entre o homem e os animais. Nossa história popular de Dick Whittington e seu Gato sem dúvida representa a adaptação de uma lenda muitíssimo antiga a uma personagem relativamente moderna, mas podemos revisitar os séculos e encontrar a tradição popular que afirma que os animais são não apenas os súditos como também os amigos do homem.

Tudo isso se devia ao singular elemento espiritual no homem que os animais racionais não possuem. "Espiritual" não significa respeitável, não tem sequer moral banal, não significa "bom" na acepção comum da palavra. Significa a prerrogativa régia do homem, diferenciando-o dos animais.

Por longas eras ele despiu esse manto real, limpou do próprio peito o bálsamo da consagração. Declarou, mais de uma vez, que não é espiritual, mas racional, ou seja, o igual dos animais sobre os quais outrora foi soberano. Jurou que não é Orfeu, mas Calibã.

Mas os animais também têm dentro de si algo que corresponde à qualidade espiritual dos homens — contentamo-nos em chamá-la instinto. Perceberam que o trono estava vago — nem mesmo a amizade era possível entre eles e o monarca que destronou a si mesmo. Se não era rei, era um blefe, um impostor, uma coisa a ser destruída.

Daí, creio, o terror. Rebelaram-se uma vez — poderão se rebelar de novo.

ORNAMENTOS EM JADE

O ROSEIRAL

E então ela caminhou lentamente e abriu a janela e olhou para fora. Atrás dela, o cômodo estava imerso na penumbra; cadeiras e mesas eram vultos indefinidos que pairavam; havia apenas o mais débil e ilusório fulgor das luas de talco na colorida cortina indiana que ela fechara sobre a porta. O drapejamento de seda amarela da cama constituía apenas uma sugestão de cor e o travesseiro e o lençol brancos cintilavam como uma nuvem branca num céu distante no crepúsculo.

Voltou as costas para o quarto penumbroso e, com suaves olhos orvalhados, fitou o lago que ficava além do jardim. Não conseguia repousar nem se deitar para dormir; embora fosse tarde, e metade da noite havia se passado, não conseguia repousar. Uma lua em forma de foice ia pouco a pouco se insinuando no alto através de algumas nuvens diáfanas que se estendiam numa longa faixa de leste a oeste, e uma luz pálida começou a fluir da água escura, como se dela um vago astro também se elevasse. Ela olhou com insaciáveis olhos de assombro; e descobriu um estranho efeito oriental nas bordas dos juncos, em suas formas semelhantes a lanças, no ébano líquido que eles sombreavam, na delicada incrustação de pérola e prata enquanto a lua luzia liberta; um luminoso símbolo na imutável calma do céu.

Havia débeis sons de movimento que se ouviam da orla dos juncos, e de quando em quando o entorpecido e intermitente grito das aves aquáticas, pois sabiam que a aurora não estava distante. No centro do lago havia um pedestal branco esculpido em cujo topo cintilava um menino alvo, segurando a flauta dupla nos lábios.

Adiante do lago o parque principiava e descia suavemente até a orla do bosque, agora apenas uma nuvem escura sob a foice da lua. E para além, mais longe ainda, colinas desconhecidas, faixas cinzentas de nuvens, e o pálido pináculo íngreme do firmamento. Ela fitou com os olhos suaves, banhando-se, por assim dizer, no profundo repouso da noite, velando a alma com a meia-luz e a meia-sombra, estendendo as mãos delicadas na frescura do ar nevoento e argênteo, admirando-se com as mãos.

E então se afastou da janela, preparou um divã de almofadas no tapete persa e meio que se sentou, meio que se deitou, tão imóvel e tão extasiada quanto um poeta a sonhar sob as rosas, longe em Ispahan. Olhara para fora, afinal, para se assegurar de que a visão e os olhos mostravam nada além de um véu tremeluzente, uma gaze de luzes e figuras curiosas: de que nela não havia realidade ou substância. Ele sempre lhe dissera que havia apenas uma existência, uma religião, que o mundo externo não passava de uma sombra matizada que poderia ocultar ou revelar a verdade; e agora ela acreditava.

Ele lhe mostrara que o êxtase físico poderia ser o ritual e a expressão dos mistérios inefáveis do mundo que está além dos sentidos, que deve ser penetrado pelos sentidos; e agora ela acreditava. Jamais duvidara muito das palavras dele, desde o instante em que se encontraram havia um mês. Ela erguera os olhos, sentada na pérgula, e o pai ia descendo pela aléia de roseiras, trazendo-lhe o estranho, magro e moreno, com uma barba aguçada e olhos melancólicos. Ele murmurou algo consigo mesmo ao se apertarem as mãos; ela ouviu as palavras preciosas e desconhecidas que soaram como o eco de uma música distante. Depois ele lhe explicara o significado das palavras:

> "Como dizes que me perdi? Vagueei entre rosas.
> Pode extraviar-se quem entra no roseiral?
> A Amada na casa do Bem-amado não se acha em desamparo.
> Vagueei entre rosas. Como dizes que me perdi?"

* * *

A voz dele, murmurando as estranhas palavras, persuadiu-a, e agora ela possuía o êxtase do conhecimento perfeito. Ela fitara dentro da incerta noite argêntea para que pudesse experimentar a sensação de que, para ela, essas coisas já não mais existiam. Ela não era mais uma parte do jardim, ou do lago, ou do bosque, ou da vida que vivera até então. Ocorreu-lhe outro verso que ele lhe citara:

> "O reino de Eu e Nós abandonado e tua casa deixa aniquilada."

Parecera, em princípio, quase um contra-senso — se para ele fosse possível dizer contra-senso; mas agora ela estava plena do sentido disso, e com ele emocionada. Ela mesma estava aniquilada; a convite dele, destruíra todos os antigos sentimentos e emoções, os agrados e os desagrados, todos os amores e os ódios herdados que o pai e a mãe lhe deixaram; a vida antiga fora inteiramente descartada.

Clareou e, quando ardeu a aurora, ela adormeceu, a murmurar:

> "Como dizes que me perdi?"

OS TURANIANOS

A fumaça do acampamento dos latoeiros se elevava do coração do bosque um débil e delgado azul.

Mary deixara a mãe no trabalho com as "coisas" e saíra com um rosto pálido e lânguido para dentro da tarde quente. Falara de dar um passeio pelos campos até o parque e ir conversar com a filha do médico, mas tomara o outro caminho que se insinuava na direção do vale e das escuras matas do bosque.

Afinal, sentia-se demasiado indolente para se animar, para fazer um esforço para conversar, e a luz do sol crestava a trilha que fora traçada reta de uma cerca a outra através dos campos acastanhados de agosto, e ela podia ver, mesmo à distância, as alvas nuvens de pó subindo como fumo na estrada junto do parque. Vacilou e, por fim, desceu sob os carvalhos de copas esparramadas, seguindo um caminho sinuoso coberto de ervas que esfriavam seus pés.

A mãe, que era bastante bondosa e virtuosa, às vezes costumava conversar com ela sobre os males do "exagero", sobre a necessidade de evitar a expressão impetuosa de frases, palavras de uma energia demasiado feroz. Ela se lembrava de que, poucos dias antes, correra para dentro de casa chamando a mãe para ver uma rosa no jardim que "ardia como uma chama". A mãe lhe dissera que a rosa era muito bonita e, um pouco mais tarde, aludira a suas dúvidas quanto à sabedoria de "tais expressões muito fortes".

— Eu sei, minha querida Mary — ela dissera —, que, no seu caso, não é afetação. Você realmente *sente* o que diz, não sente? Sim. Mas é bom sentir isso? Você acha, inclusive, que está *certo*?

A mãe olhou para a moça com uma curiosa melancolia, quase como se fosse dizer algo mais, e buscou as palavras adequadas, mas não conseguiu encontrá-las. E então apenas observou:

— Você não tem visto Alfred Moorhouse desde o jogo de tênis, não é mesmo? Tenho de convidá-lo para vir na próxima terça-feira. Gosta dele?

A filha não entendeu direito a relação entre seu defeito de "exagero" e o advogado jovem e encantador, mas a advertência da mãe lhe ocorreu ao percorrer a trilha ensombrada, e ela sentiu as ervas longas e escuras esfriarem e refrescarem seus pés. Não colocou tal sensação em palavras, mas pensou que era como se os tornozelos fossem gentil e docemente beijados à medida que as ervas os tocavam, e a mãe lhe teria dito que não estava certo pensar em coisas assim.

E que encanto havia nas cores ao redor! Era como se caminhasse numa nuvem verde; a forte luz do sol se filtrava pelas folhas, refletida pelas ervas, e tornava todas as coisas visíveis, os troncos das árvores, as flores e suas próprias mãos pareciam novas, transformadas numa outra aparência. Tinha caminhado inúmeras vezes pela trilha do bosque, mas hoje se enchera de mistérios e sugestões, e cada curva trazia uma surpresa.

Hoje, a simples sensação de estar sozinha sob as árvores era uma intensa alegria secreta, e, à medida que ia avançando e o bosque escurecia à volta, soltou o cabelo castanho, e quando o sol brilhou sobre a árvore caída viu que o cabelo não era castanho, mas brônzeo e dourado, reluzindo no vestido branco e puro.

Parou junto à fonte na rocha e ousou fazer da água escura seu espelho, olhando para a direita e para a esquerda com olhares tímidos e escutando o roçar dos ramos partidos, antes de combinar o ouro com o luminoso marfim. Viu maravilhas num espelho ao se inclinar sobre a misteriosa fonte ensombrecida, e sorriu para a ninfa sorridente, cujos lábios se abriram como se fossem sussurrar segredos.

Enquanto prosseguia pelo caminho, a fumaça fina e azul se erguia de uma brecha nas árvores, e ela se lembrou do medo infantil dos "ciganos". Caminhou um pouco mais e se deteve para descansar num trecho de relva fofa, e escutou as estranhas entoações que soavam do acampamento. "Aquela gente horrível" ouvira o povo amarelo assim ser chamado, mas agora tinha encontrado um novo prazer nas vozes que cantavam, com um subir e baixar de notas e um impetuoso lamento, e a solenidade da fala desconhecida. Parecia música propícia para a floresta desconhecida, em harmonia com o pingar da fonte, as notas agudas das aves e o sussurro e a precipitação das criaturas do bosque.

Ela tornou a se levantar e prosseguiu até conseguir ver o fogo rubro entre os ramos; e as vozes fremiam numa encantação. Desejou reunir coragem e conversar com essa estranha gente da floresta, mas tinha medo de irromper no acampamento. Sentou-se então sob uma árvore e aguardou, na esperança de que um deles viesse em sua direção.

Havia seis ou sete homens, o mesmo número de mulheres e um bando de crianças fantásticas, recostando-se e acocorando-se em volta do fogo, tagarelando entre si com a salmodia de sua fala. Eram seres de aspecto curioso, baixos e atarracados, os ossos malares salientes, a pele amarela encardida e longos olhos amendoados; apenas em um ou dois dos homens mais jovens havia a sugestão de uma graça selvagem, quase semelhante à de um fauno, como de criaturas que sempre se moviam entre o fogo rubro e a folhagem verde. Embora todo o mundo os chamasse de ciganos, eram na realidade metalurgistas turanianos, degradados a latoeiros errantes; seus ancestres haviam moldado achas de bronze, e eles consertavam panelas e chaleiras. Mary aguardou sob a árvore, segura de que nada tinha a temer, e resolveu não fugir se um deles aparecesse.

O sol imergiu numa massa de nuvens e o ar foi ficando cerrado e pesado; uma névoa se elevou em volta das árvores, uma névoa azul como a fumaça de uma fogueira de acampamento. Um estranho rosto sorridente espiava por entre as folhas, e a moça sentiu o coração saltar quando um jovem caminhou em sua direção.

Os turanianos levantaram acampamento naquela noite. Havia um lampejo rubro, como fogo, no vasto ocidente ensombrecido, e depois uma pátena ardente flutuou vinda de uma colina silvestre. Uma procissão de extraordinárias figuras arqueadas atravessou o disco carmesim, uma cambaleando atrás de outra numa longa coluna única, cada uma curvando-se sob o enorme fardo amorfo, e as crianças rastejavam atrás, como gnomos, fantásticas.

A moça estava deitada no cômodo branco, alisando uma pequena pedra verde, uma coisa curiosa cortada com estranhos instrumentos, que o tempo tornara medonha. Segurava-a perto do marfim luminoso, e o ouro se entornava sobre ela.

Ela riu de alegria, e murmurou e sussurrou para si mesma, fazendo-se perguntas na perplexidade de seu deleite. Tinha medo de dizer qualquer coisa à mãe.

O IDEALISTA

— Você notou o Symonds enquanto o Beever estava contando aquela história agora há pouco? — perguntou um escriturário para o outro.
— Não. Por quê? Ele não gostou?
O segundo escriturário guardava os papéis e trancava a escrivaninha de um modo circunspecto e metódico, mas, quando a história de Beever tornou a lhe ocorrer, ele começou a se reanimar, sentindo pela segunda vez o sabor da história.
— Ele é demais, o velho Beever — observou entre pequenas palpitações de júbilo. — Mas o Symonds não gostou?
— Gostou? Ele pareceu nauseado. É o que lhe digo. Fez uma careta, alguma coisa assim — e o homem contraiu o rosto numa expressão de censura, enquanto dava o último lustre ao chapéu com a manga do casaco.
— Bom, eu vou indo — disse. — Quero chegar cedo em casa, porque tem torta para o chá — e fez uma outra careta, uma imitação da contorção preferida de seu ator preferido.
— Bom, adeus — disse o amigo. — Você é mesmo esquisito. Pior que o Beever. Até segunda. O que é o que Symonds vai dizer? — e gritou o nome dele enquanto a porta de vaivém oscilava para cá e para lá.
Charles Symonds, que não percebeu o humor da história do sr. Beever, tinha deixado o escritório alguns minutos antes e agora caminhava devagar na direção oeste, subindo Fleet Street. A observação do colega escriturário não fora muito despropositada. Symonds escutara as últimas frases da história de Beever e, inconscientemente, lançara um olhar de viés para o grupo, irritado e desgostoso com o divertimento grosseiro e estúpido. Beever e os

amigos lhe pareciam culpáveis de sacrilégio; comparava-os a matutos que manuseavam e ridicularizavam um primoroso painel pintado, clamando seu desdém e sua ignorância brutais. Não conseguiu controlar a expressão; mesmo sem querer, olhou com aversão para os três indivíduos bestiais. Teria dado tudo para encontrar as palavras e lhes dizer o que pensava, porém era difícil até mesmo demonstrar desagrado. Sua timidez era um eterno entretenimento para os demais escriturários, que estavam sempre fazendo alguma coisa para irritá-lo e se divertiam com o espetáculo de Symonds se enfurecendo e fervendo por dentro como o Etna, mas irremediavelmente contido demais para dizer uma palavra sequer. Ele ficava branco como cera, rilhava os dentes ante um insulto, fingia rir partilhando da graça e aceitava tudo como se fosse brincadeira. Quando menino, a mãe se intrigava com ele, sem saber se era soturno ou insensível, ou talvez paciente.

Subia Fleet Street, ainda remoendo a irritação, em parte devido a uma genuína repulsa à vulgaridade inconveniente dos escriturários, em parte devido a um sentimento de que falavam daquele modo porque sabiam que ele detestava farsas e romances grosseiros. Era horrível viver e trabalhar com criaturas tão tolas, e lançou o olhar em fúria para a City, o lugar dos estúpidos, dos ruidosos, dos insuportáveis.

Atravessou a correria e a torrente do Strand, a maré cheia de uma tarde de sábado, ainda refletindo sobre o ultraje e elaborando uma frase mordaz para uso futuro, acumulando palavras que fariam Beever estremecer. Estava perfeitamente ciente de que jamais pronunciaria uma dessas frases cortantes, mas a pretensão o acalmava, e começou a se recordar de outras coisas. Era final de novembro e as nuvens já se juntavam para a esplendorosa solenidade do pôr-do-sol, voando para seus postos à frente do vento. Anelavam-se em formas fantásticas, lá no alto no sorvedouro do vento, e Symonds, olhando para o céu, viu-se atraído por duas nuvens que se contorciam e se uniam a oeste, na distante perspectiva do Strand. Viu-as como se fossem duas criaturas vivas, notando cada alteração e movimento e transformação, até que os ventos agitados as converteram em uma e levaram uma vaga forma para o sul.

O curioso interesse nas formas das nuvens afastou o

pensamento do escritório, da conversa desagradável que ouvira com tanta freqüência. Beever e os amigos deixaram de existir e Symonds fugiu para seu mundo oculto e privado, o qual nunca ninguém adivinhara. Morava longe, em Fulham, mas deixara os ônibus passar oscilando por ele e caminhava devagar, procurando prolongar as alegrias da expectativa. Quase que com um gesto visível, distanciou-se, e seguiu solitário, os olhos baixos, fitando não a calçada mas algumas claras figuras imaginadas.

Estugou o passo ao percorrer a calçada no lado norte de Leicester Square, apressando-se para escapar da visão dos estranhos espectros esmaltados que já começavam a caminhar e a sair de casa, brotando de suas grutas e aguardando a luz de gás. Ele franziu o cenho ao erguer o olhar e por acaso vislumbrar num tapume um ícone com faces ocre vermelho e dentes arreganhados, para o qual alguns jovens olhavam com malícia. E um relembrava a grande canção dessa criatura:

> "E é assim que se faz.
> Como acha que é feito?
> Ah, *é assim* que se faz.
> *Não precisa* do pão quente?"

Symonds franziu o cenho à vista da imagem dela, lembrando-se de que Beever a aprovou como "boa mercadoria", que os rapazes berravam em coro debaixo de suas janelas nas noites de sábado. Uma vez, abrira a janela enquanto eles passavam e os xingara e praguejara, num murmúrio, para que não o ouvissem.

Olhou com curiosidade os livros na loja do Piccadilly; uma vez ou outra, quando economizava algumas libras esterlinas, fizera compras lá, mas os títulos que o livreiro negociava eram caros, e ele era obrigado a se vestir com apuro no escritório, além de ter outras despesas esotéricas. Decidira aprender persa e agora hesitava quanto a voltar atrás e ver se encontraria uma gramática em Great Russell Street a um preço razoável. Mas estava escurecendo e a névoa e as sombras que ele adorava se adensavam e o convidavam a seguir adiante até as silenciosas ruas próximas do rio.

Quando por fim se afastou da rua principal, prosseguiu por

um caminho divergente e excêntrico, ziguezagueando por um intricado labirinto de ruas que para a maioria das pessoas teria sido enfadonho, lúgubre e desprovido de interesse. Para Symonds, porém, esses lugares retirados de Londres eram tão bizarros e incandescentes quanto uma vitrina de raridades japonesas; ali ele encontrava seus bronzes atenciosamente procurados, trabalhos em jade, o jorro e a chama de cores extraordinárias. Deteve-se numa esquina, observando uma sombra numa persiana iluminada, observando-a esvanecer e escurecer e esvanecer, conjeturando seus segredos, inventando o diálogo para esse drama em *Ombres chinoises*. Olhou para uma outra janela e viu um cômodo fulgurante, numa crua luz amarela de gás flamejante, e escondeu-se furtivamente ao abrigo de um velho olmo até que foi notado e as cortinas foram fechadas apressadamente. No caminho que escolhera, era seu destino passar por tantas ruas decentes bem ordenadas, por *villas* isoladas e geminadas, semi-escondidas atrás de arbustos floridos e sempre-verdes. A essa hora, num sábado de novembro, poucos saíam, e Symonds com freqüência podia, acocorando-se junto da cerca, espiar dentro de um cômodo iluminado, observar pessoas que pensavam estar inteiramente despercebidas. Quando se aproximou de sua casa, seguiu por ruas pouco usadas e parou numa esquina, observando duas crianças que brincavam, examinando-as com o minucioso escrutínio de um entomologista através do microscópio. Uma mulher que voltava das compras atravessou a rua e conduziu as crianças para casa, e Symonds prosseguiu, às pressas, mas com um longo suspiro de satisfação.

    Sua respiração se acelerou, em lufadas, quando ele ergueu a lingüeta da porta. Morava numa velha casa georgiana, e subiu correndo a escada e trancou a porta do espaçoso cômodo da água-furtada na qual vivia. Fazia uma noite úmida e fria, mas o suor lhe escorria no rosto. Acendeu um fósforo e houve uma estranha visão efêmera do vasto cômodo, quase sem móveis, um espaço oco limitado por paredes circunspectas e o branco vislumbre do teto arrematado com cornija.

    Acendeu uma vela, abriu um grande baú que estava num canto e começou a trabalhar. Parecia estar juntando uma espécie de figura reclinada; uma vaga sugestão da forma humana intensificada sob suas mãos. A vela faiscava na outra extremidade do cômodo e Symonds transpirava na execução de sua tarefa numa caverna de sombra escura. Os dedos trêmulos e nervosos tenteavam aquela figura incerta, e ele então começou a extrair incongruentes coisas monstruosas. Na penumbra, uma seda branca bruxuleou, rendas e delicados rufos flutuaram no espaço por um momento, enquanto ele se atrapalhava ao atar nós, ao apertar faixas. O antigo cômodo se adensou, pesado, vaporoso com os sutis odores; as roupas que passavam por suas mãos haviam sido embebidas de fragrâncias. A paixão lhe contorceu o rosto; ele abriu um sorriu largo e rijo à luz da vela.

Quando terminou o trabalho, levou-o até a janela e acendeu três outras velas. Na excitação, nesta noite se esqueceu do efeito de *Ombres chinoises*, e aqueles que passavam, e por acaso olhavam para a persiana branca e viva no alto, deparavam com um singular objeto de especulação.

FEITIÇARIA

— Sem dúvida nos afastamos dos demais, não é mesmo, srta. Custance? — disse o capitão, olhando para o portão e o lariço atrás dele.

— Penso que sim, capitão Knight. Espero que o senhor não se importe muito, se importa?

— Me importar? É um prazer, saiba. Tem certeza de que esse ar úmido não lhe faz mal, srta. Custance?

— Ah, acha que está úmido? Eu gosto. Que me lembre, desde sempre apreciei esses dias tranqüilos de outono. Não sei de papai indo para outro lugar.

— É um lugar encantador, o Grange. Não me surpreende que goste de vir para cá.

O capitão Knight olhou de novo para trás e de repente deu um risinho.

— Vou lhe dizer uma coisa, srta. Custance — disse —, acho que todos eles se perderam no caminho. Não vejo o menor sinal deles. Não passamos por outro caminho à esquerda?

— Sim, e não se lembra de que o senhor quis sair do caminho?

— Sim, claro. Achei que parecia mais possível, sabe. Devem ter ido por lá. Para onde leva aquele caminho?

— Ah, para lugar nenhum, exatamente. Torna-se mais estreito e serpenteia um bocado, e acho que o solo é um tanto pantanoso.

— É mesmo? — O capitão zombou. — O Ferris vai ficar uma fera. Ele detesta atravessar o Piccadilly se tem um pouquinho de barro.

— Coitado do sr. Ferris! — E os dois prosseguiram, avançando com cuidado na trilha acidentada, até que depararam com um pequeno e velho chalé fincado solitário numa depressão no meio do bosque.

— Ah, o senhor precisa vir ver a sra. Wise — disse a srta. Custance. — É uma criatura adorável. Tenho certeza de que vai se apaixonar por ela. E ela jamais me perdoaria se viesse a saber que passamos assim tão perto sem entrar. Só por cinco minutos, está bem?

— Mas claro, srta. Custance. É aquela velha senhora à porta?

— É. Ela foi sempre muito boa para nós, quando éramos crianças, e sei que por meses ela vai falar da nossa visita. Não se importa, se importa?

— Ficarei encantado, sem dúvida — e mais uma vez olhou para trás para ver se havia algum sinal de Ferris e do grupo.

— Sente-se, srta. Ethel, sente-se, por favor, senhorita — disse a velha quando entraram. — E o senhor sente-se aqui, por gentileza.

Tirou o pó das cadeiras e a srta. Custance lhe perguntou acerca do reumatismo e da bronquite, e lhe prometeu enviar algo de Grange. A velha tinha os bons modos do campo e se expressava bem, e de vez em quando procurava educadamente incluir o capitão na conversa. Mas durante o tempo todo o observava com discrição.

— Sim, senhor, às vezes me sinto um pouco solitária — disse, quando as visitas se levantaram. — Sinto uma profunda saudade de Nathan. Não se lembra muito bem do meu marido, não é, srta. Ethel? Mas tenho a Bíblia, senhor, e bons amigos também.

Dois dias depois, a srta. Custance voltou sozinha ao chalé. Sua mão tremia ao bater à porta.

— Está feito? — perguntou, quando a velha apareceu.

— Entre, senhorita — disse a sra. Wise, e fechou a porta e baixou a tramela. Depois andou devagar arrastando os pés até a lareira e retirou algo de um esconderijo nas pedras.

— Veja só isto — disse, mostrando-o para a moça. — Não é perfeito?

A srta. Custance segurou o objeto nas mãos delicadas, olhou para ele e corou.

— Que horrível! — exclamou. — Por que fez isso? A senhora nunca me contou.

— É a única maneira, senhorita, de conseguir o que deseja.

— É uma coisa repugnante. Não sei como não se envergonha de si mesma.

— Acho que me envergonho tanto quanto a senhorita — retrucou a sra. Wise, e olhou de soslaio para a bela e acanhada moça. Os olhos delas se encontraram e os olhos riram-se.

— Cubra-o, por favor, sra. Wise. Não preciso olhar para ele agora, de qualquer modo. Mas a senhora tem certeza?

— Nunca houve um revés desde que a velha sra. Cradoc me ensinou, e faz mais de sessenta anos que ela morreu. Ela costumava me contar sobre o tempo da avó dela, quando havia assembléias lá adiante no bosque.

— Tem mesmo certeza?

— Faça o que eu digo. A senhorita deve levá-lo assim — e a velha sussurrou as instruções, e estava para estender a mão, para demonstrar, quando a moça a afastou.

— Já entendi, sra. Wise. Não, não faça isso. Percebo o que a senhora quer dizer. Aqui está o dinheiro.

— O que quer que a senhorita faça, não se esqueça do ungüento, como lhe expliquei — disse a sra. Wise.

— Fui ler para a pobre da velha sra. Wise — disse Ethel naquela noite para o capitão Knight. — Ela está com mais de oitenta anos e a vista dela está ficando muito ruim.

— Muito bom para a senhorita, srta. Custance, tenho certeza — comentou o capitão Knight, e se fastou para o outro canto da sala de estar e começou a conversar com uma moça de amarelo, com quem estivera trocando sorrisos a distância desde que os homens tinham voltado da sala de jantar.

Naquela noite, sozinha no quarto, Ethel seguiu as instruções da sra. Wise. Escondera o objeto numa gaveta e, quando o retirou, olhou em volta, embora as cortinas estivessem fechadas.

Não se esqueceu de nada e, quando terminou, pôs-se a escutar.

A CERIMÔNIA

Da infância, daqueles primeiros dias vagos que começaram a parecer irreais, ela rememorava a pedra cinza no bosque.

Sua forma era algo entre o pilar e a pirâmide, e sua solenidade cinza entre as folhas e a relva brilhava e brilhava de lá daqueles primeiros anos, sempre com uma sugestão de assombro. Ela se lembrava de que, quando menina, desgarrou-se um dia, uma tarde quente, da companhia da ama, e não muito fundo no bosque a pedra cinza se ergueu da relva, e ela gritou e correu de volta com um terror pânico.

— Mas que bobinha — disse a ama. — É só a... pedra. — Tinha se esquecido do nome dado pela criada, e sempre teve vergonha de perguntar à medida que foi crescendo.

Mas sempre aquele dia quente, aquela tarde ardente da infância quando pela primeira vez olhou conscientemente para a imagem cinza no bosque, permaneceu não uma lembrança mas uma sensação. O vasto bosque se avolumando como o mar, o doce odor da relva e das flores, a batida do vento de verão nas faces, a senda sombria repousante, indistinta, esplêndida, sugestiva como uma velha tapeçaria; podia senti-la e vê-la na inteireza, e seu odor estava nas narinas. E, no meio da imagem, onde as estranhas plantas cresciam espessas na sombra, achava-se a velha forma cinza da pedra.

Mas em sua mente havia remanescentes fragmentados de uma outra impressão mais remota. Era toda incerta, a sombra de uma sombra, tão vaga que bem poderia ter sido um sonho que se misturara com os confusos devaneios de uma criança. Ela não sabia que se lembrava, que certamente se lembrava da recordação. Mas era de novo um dia de verão, e uma mulher, talvez a mesma ama, segurava-a nos braços e atravessava o bosque. A mulher carregava flores brilhantes na mão; o sonho lhe dava um fulgor de vermelho vivo e o perfume de rosas silvestres. Depois se viu sendo colocada por um momento na relva, e a cor vermelha manchou a pedra soturna, e nada mais havia — exceto que uma noite ela acordou e escutou a ama soluçar.

Ela com freqüência pensava na estranheza de uma vida nos primórdios; vinha-se, parecia, de uma nuvem escura, havia um brilho de luz, mas só por um momento, e depois a noite. Era como fitar uma cortina de veludo, pesada, misteriosa, negrura impenetrável, e então, num piscar de olhos, via-se por um buraquinho uma cidade lendária que flamejava, com chamas nas paredes e nos pináculos. E então, de novo, a treva envolvente, de modo que a visão se tornou ilusão, quase à vista. Assim era para ela essa remota e obscura visão da pedra cinza, da cor vermelha vertida sobre ela, com o episódio incongruente da ama-seca a chorar à noite.

Mais tarde, porém, a lembrança era clara; ela podia sentir, mesmo agora, o terror inconseqüente que a fez fugir a gritar, correndo para as saias da ama. Posteriormente, através dos dias da mocidade, a pedra ocupou um lugar na vasta coleção de coisas ininteligíveis que assombram a imaginação de toda criança. Era parte da vida, ser aceita e não contestada; os mais velhos falavam de muitas coisas que ela não entendia, ela abria livros e vagamente se espantava, e na Bíblia havia muitas frases que soavam estranhas. De fato, com freqüência se intrigava com a conduta dos pais, com os olhares que trocavam, com as meias-palavras que pronunciavam, e entre todos esses problemas, que ela mal identificava como problemas, estava a antiga figura cinza que se erguia da relva escura.

Algum impulso semiconsciente fê-la andar pelo bosque onde a sombra envolvia a pedra como um relicário. Uma coisa era conspícua: ao longo de todos os meses de verão, quem passasse lá depositava flores. Ramos de flores secas estavam sempre no chão, entre as ervas, e sobre a pedra sempre surgiam novos ramos de flores. Do narciso ao áster, marcava-se o calendário dos jardins silvestres, e no inverno ela avistara ramagens de zimbros e buxos, viscos e azevinhos. Uma vez fora atraída por entre os arbustos por um fulgor rubro, como se houvesse um incêndio no bosque, e, quando chegou ao local, a pedra inteira brilhava e todo o chão em volta estava iluminado por rosas.

Aos dezoito anos, foi um dia para o bosque e levou um livro que estava lendo. Escondeu-se num recesso de uma aveleira e sua alma se encheu de poesia quando houve um farfalhar, o leve bater de ramos apartados que retornavam a seus lugares. Seu esconderijo ficava apenas um pouco afastado da pedra, e ela espiou pela trama de ramos e viu uma menina se aproximar timidamente. Conhecia-a bem; era Annie Dolben, a filha de um fazendeiro, mais tarde uma promissora aluna da escola dominical. Annie era uma menina bem-educada, sempre cortês, com um admirável conhecimento dos reis judeus. Em seu rosto havia uma expressão de sussurro, que sugeria coisas estranhas; havia uma luz e um fulgor por detrás do véu da carne. E na mão ela segurava lírios.

A moça escondida entre os ramos da aveleira observava. Annie chegou perto da imagem cinza; por um momento, seu corpo inteiro palpitou com expectativa, quase que tomada pelo sentimento do que iria acontecer. Observou Annie coroar a pedra com as flores, observou a espantosa cerimônia que se seguiu.

E no entanto, apesar da vergonha que a fazia corar, ela mesma levou flores para o bosque alguns meses mais tarde. Depositou lírios brancos da estufa sobre a pedra, orquídeas de um púrpura mortiço e exóticas flores carmesim. Depois de beijar a imagem cinza com reverente paixão, executou o antigo rito imemorial.

PSICOLOGIA

O sr. Dale, que morava em cômodos tranqüilos num bairro no oeste de Londres, estava muitíssimo ocupado um dia com um lápis e pedaços de papel. Detinha-se no meio da escrita, da monótona caminhada da porta à janela, anotava às pressas uma linha de hieróglifos e retomava o trabalho. Na hora do almoço, mantinha os instrumentos na mesa ao lado dele, e carregava consigo um pequeno caderno de notas nos passeios noturnos pelo parque. Às vezes parecia sentir uma certa dificuldade no ato de escrever, como se o calor da vergonha ou mesmo uma incrédula surpresa lhe segurasse a mão, mas um por um os fragmentos de papel caíam na gaveta, e um banquete completo o aguardava no fim do dia.

Ao acender o cachimbo na penumbra, estava de pé junto da janela e olhando para a rua. Na distância, lanternas de cupês brilhavam de um lado para outro, acima e abaixo da colina, na rua principal. Do outro lado, avistou a longa fileira de discretas casas cinzentas, a maioria delas alegremente iluminada, exibindo contra a noite a sala de jantar e a refeição da noite. Numa casa, bem em frente, havia uma iluminação mais brilhante, e as janelas abertas revelavam um jantar simples em curso, e aqui e ali uma sala de visitas no primeiro andar reluzia avermelhada, uma vez que estava aceso o abajur de pé alto. Em toda parte Dale via uma serena e confortadora respeitabilidade; se não havia júbilo, não havia distúrbio, e pensou que tinha tido a sorte de morar numa rua tão razoável e apreciável.

A calçada estava quase deserta. De vez em quando uma doméstica saía apressada por uma porta lateral e a passos curtos corria na direção das lojas, retornando dali a poucos minutos com a mesma pressa. Mas pedestres eram raros, e apenas a longos intervalos um estranho surgia da estrada e descia a esmo Abingdon Road com lenta inspeção, como se tivesse passado por sua porta mil vezes e por fim tivesse sido despertado pela curiosidade e pelo desejo de explorar o desconhecido. Todos os habitantes da região se orgulhavam da quietude e do isolamento, e muitos deles não faziam muito mais do que sonhar que, se alguém fosse longe demais dali, a rua se degeneraria e se tornaria abominável, o lar do hediondo, a entrada de uma floresta negra. De fato, contavam-se histórias, cruéis e desagradáveis, das ruas paralelas, de leste a oeste, que provavelmente se comunicavam com o escoadouro mais além, mas os que moravam na extremidade boa de Abingdon Road nada sabiam acerca dos vizinhos.

Dale se inclinou mais para fora da janela. O pálido céu de Londres se aprofundava em violeta à medida que os lampiões eram acesos, e, no crepúsculo, os pequenos jardins na frente das casas brilhavam, parecia que se tornavam mais claros. O laburno dourado apenas refletia o último véu amarelo vivo que baixara no céu após o pôr-do-sol, o pilriteiro branco era um esplendor fulgurante, o espinheiro-alvar rubro um fogo sem flama na penumbra. Da janela aberta, Dale pôde notar a alegria cada vez maior das pessoas que jantavam na casa em frente, enquanto as xícaras moderadas eram enchidas e esvaziadas; as persianas nos andares de cima se iluminavam acima e abaixo da rua quando as amas apareciam com as crianças. Uma brisa leve que cheirava à relva e bosques e flores soprou para longe o calor do dia das pedras da calçada, farfalhou pelos ramos floridos e de novo amainou, devolvendo a calma à rua.

O cenário inteiro exalava a paz doméstica das histórias; havia vidas regulares, tarefas enfadonhas feitas, pensamentos sóbrios e comuns em toda parte. Ele sentiu que não precisava escutar à janela, pois conseguia adivinhar toda conversa, imaginar os canais plácidos e habituais nos quais fluíam as conversações. Ali não havia espasmos, nem arroubos, nem as tempestuosidades afogueadas do romance, mas um repouso seguro; casamento e nascimento e criação ali estavam tanto quanto o café da manhã e o almoço e o chá da tarde.

E então ele se afastou da plácida transparência da rua e se sentou diante da lâmpada e dos papéis nos quais diligentemente anotara. Um amigo seu, um homem "impossível" de nome Jenyns, visitara-o na noite anterior, e conversaram sobre a psicologia dos romancistas, debatendo sua intuição e a profundidade de sua sondagem.

— Está muito bem tal como é — disse Jenyns. — Sim, é perfeitamente preciso. Guardas gostam mesmo de coristas-dançarinas, a filha do médico tem afeição pelo cura, o ajudante do merceeiro, de crença batista, tem às vezes problemas religiosos, gente "fina" sem dúvida pensa um bocado sobre acontecimentos sociais e complicações: penso que os comediantes trágicos sentiram e escreveram sobre tudo isso. Mas você acha que isso é tudo? Considera uma descrição das ferramentas dessa capa de couro um ensaio exaustivo sobre Shakespeare?

— Mas o que há mais? — perguntou Dale. — Então não acha que a natureza humana foi razoavelmente exposta? Que mais?

— Canções do lupanar frenético; delírio do manicômio. Não a perversidade extrema, mas a paixão e a idéia insensatas, ininteligíveis e lunáticas, o desejo que deve provir de alguma outra esfera que nem vagamente conseguimos imaginar. Procure a si mesmo; é fácil.

Dale olhava agora para os recortes e pedaços de papel. Neles, registrara todos os pensamentos secretos do dia, os desejos dementes, as fúrias insensatas, os monstros torpes que o coração gerara, as fantasias maníacas que nutrira. Em cada nota encontrava uma loucura feroz, os equivalentes em pensamento do absurdo matemático, dos triângulos de dois lados, das linhas retas paralelas que se encontravam.

"E falamos de sonhos absurdos", disse para si mesmo. "E eles são mais desvairados do que as mais desvairadas das visões. E nossos pecados. Mas estes são os pecados do pesadelo."

"E todo dia", prosseguiu, "vivemos duas vidas, e a metade de nossa alma é demência, e metade do céu é iluminado por um sol negro. Digo que sou um homem, mas quem é o outro que se oculta em mim?"

TORTURA

— Não sei mesmo o que fazer com ele — disse o pai. — Parece um estúpido rematado.
— Pobre rapaz! — a mãe retrucou. — Acho que não está bem. Parece que não está com boa saúde.
— Mas qual é problema dele? Está comendo bem. Se serviu de duas porções de carne e de pudim hoje no jantar, e meia hora depois estava mastigando algo doce. Pelo menos apetite ele tem, como você vê.
— Mas está muito pálido. Me deixa preocupada.
— Me deixa preocupado também. Veja esta carta do Wells, o diretor da escola. Escute o que ele diz aqui: "É quase impossível fazê-lo praticar esporte. Teve duas ou três punições, pelo que eu soube, por se recusar a jogar críquete. E o professor de educação física entregou-me um péssimo relatório de seu desempenho durante este período letivo, de modo que receio que ele tem tido pouco proveito, se algum, na escola". E veja, Mary, não se trata mais de um menino. Ele completou quinze anos em abril passado. Está ficando sério, percebe?
— O que acha que podemos fazer?
— É o que eu gostaria de saber. Pense nele aqui. Faz só uma semana que está aqui em casa, e é de esperar que se sentisse animado, se divertisse com os filhos do dono destas terras, e vivesse uma vida ativa e alegre por aí. E você sabe como ele tem se comportado desde que voltou; perdendo o tempo na ociosidade e andando preguiçosamente da casa para o jardim e do jardim para a casa outra vez, passando metade do dia deitado na cama, e descendo do quarto aqui embaixo com os olhos entreabertos. Insisto em pôr um ponto final a isso, seja como

for. Conto com você para que ele se levante a uma hora adequada.

— Está bem, meu querido. Só acho que ele parece muito cansado.

— Mas ele não faz nada para se cansar! Eu não ligaria a mínima se o rapaz fosse dado aos estudos, mas você ouviu o que Wells diz neste relatório. Ora, não consigo nem convencê-lo a ler um romance. A expressão dele é em si mesma capaz de enfurecer alguém. Qualquer um pode ver que ele não tem interesse por nada.

— Acho que está infeliz, Robert.

— Infeliz! Um estudante infeliz! Bom, espero que você faça alguma coisa. Quanto a mim, penso que é totalmente inútil conversar com ele.

Era curioso, mas o pai tinha razão em rir da idéia de infelicidade do filho. Harry estava, do jeito quieto dele, animado. Era perfeitamente verdadeiro que detestava críquete, e, o diretor da escola poderia ter acrescentado, detestava os outros rapazes. Não tinha o menor interesse em coisas impressas de qualquer tipo, fosse factual ou ficcional, e achava *A ilha do tesouro* tão maçante quanto Cícero. Mas, ao longo do último período letivo, pensou sobre uma idéia; ele a alimentara nas manhãs no dormitório, na hora das aulas e do recreio, e ficava acordado pensando nela muito tempo depois de os rapazes adormecerem. Antes de a idéia surgir, ele julgava a vida bastante triste. Tinha um rosto cheio e doentio, cabelo ruivo, e a boca, grande e larga, era objeto de muitas caçoadas. Era malquisto porque não gostava de jogos, e porque só nadava se o atirassem na água, e sempre tinha problemas com as lições, que não era capaz de entender. Caiu em prantos uma noite enquanto se preparava e, claro, não revelou por quê. O fato era que tentara extrair o sentido de algum enfandonho contra-senso acerca de triângulos, conhecido pelo nome absurdo de Euclides, e ele julgou absolutamente impossível aprender de cor o assunto absurdo. A impossibilidade disso, e a incorrigível nuvem em sua mente, e o terror do castigo que receberia de manhã, levou-o ao desespero; o "bobo chorão", como diziam.

Era uma época infeliz, mas naquela noite surgiu a idéia, e as férias se tornaram realmente desejáveis, dez vezes desejáveis. Todo dia e o dia inteiro ele elaborava e reelaborava a grande idéia, e, embora fosse estúpido, malquisto e improfícuo como sempre, não se sentia mais infeliz.

Quando chegou à casa dos pais, no fim do período letivo, não perdeu tempo em trabalhar na tarefa. Era verdade que de manhã se sentia sonolento e pesado, mas isso se devia ao fato de trabalhar até tarde da noite. Achava impossível conseguir rendimento durante o dia. Os pais observavam seu comportamento, e ele sabia que era lerdo demais para inventar mentiras e explicações. No dia seguinte ao retorno, o pai topou com ele se retirando furtivamente para dentro de um cantinho escuro de uma mata de arbustos com algo escondido no casaco. Ele não pôde fazer outra coisa senão se levantar com uma aparência desesperada e idiota quando uma garrafa de cerveja vazia lhe foi arrancada; não foi capaz de dizer o que estava fazendo ou queria com a garrafa de vidro verde. O pai o deixara sozinho, dizendo-lhe que não bancasse o bobo, e ele sentiu que estava sendo sempre observado. Quando pegou o cordão da cozinha nos fundos, uma das empregadas o espiou se afastar no corredor, e a mãe o flagrou tentando amarrar uma enorme acha ao tronco de uma das árvores. Quis saber o que ele estava fazendo e se não poderia encontrar um divertimento mais sensato, e ele a fitou com o pesado rosto pálido. Sabia que estava sob observação e por isso trabalhava à noite. As duas criadas que dormiam no quarto adjacente com freqüência acordavam, acreditando que tinham escutado um barulho muito estranho, um "tlintlin", como uma delas descreveu a sensação, mas não sabiam dizer o que era.

E por fim ele terminou. Estava "mandriando" uma tarde e por acaso se encontrou com Charlotte Emery, uma menina de doze anos de idade, a filha de um vizinho. Harry corou com um opaco vermelho vivo.

— Não quer passear comigo até as faias? — perguntou. — Gostaria que sim.

— Ah, não devo, Harry. Mamãe não ia gostar.

— Venha. Tenho uma brincadeira nova, bem divertida.

— É mesmo? Que tipo de brincadeira?

— Não posso te mostrar aqui. Vai andando até as faias que eu vou te seguir. Eu sabia que você ia.

Harry correu a toda velocidade até o esconderijo onde guardara o aparato. Logo alcançou Charlotte e os dois caminharam juntos na direção das faias, uma colina arborizada e solitária, a quase um quilômetro. O pai do rapaz teria ficado pasmo se o visse. Harry estava afogueado e muito quente com aquela cor vermelha opaca, mas ria enquanto caminhava ao lado de Charlotte.

Quando estavam sozinhos no bosque, Charlotte disse:

— Agora você tem que mostrar a brincadeira. Você prometeu.

— Eu sei. Mas você tem que fazer o que eu vou dizer.

— Tá bom, eu vou.

— Mesmo que doer?

— Sim. Mas você não vai me machucar, Harry. Eu gosto de você.

O rapaz a fitou, olhou-a com os olhos azuis-claros, mortiços e baços; seu rosto pálido, doentio, fulgurou diante dela quase que aterrorizado. Era uma menina morena, de pele olivácea, olhos pretos e cabelo preto, e o perfume do cabelo já o havia quase que intoxicado enquanto caminhavam juntos muito perto.

— Você gosta de mim? — perguntou ele por fim, gaguejando.

— Sim, eu gosto muito de você. Eu amo você, meu querido Harry. Não vai me dar um beijo? — E ela passou o braço em torno do pescoço dele, em torno do pescoço do estudante feio e lívido. As olheiras plúmbeas do rapaz pareceram escurecer ainda mais.

Largou o pacote que segurava debaixo de um braço. O pacote estourou, abrindo-se, e o que ele continha caiu no chão. Havia três ou quatro instrumentos fantásticos, ameaçadoras facas feitas de vidro de garrafa verde, inabilmente encaixadas em cabos de madeira. Ele roubara uma vassoura com esse propósito. E havia alguns pedaços de corda, providos com nós corredios. Era a idéia que por muito tempo ele tinha nutrido.

Mas se atirou sobre a relva, estirando-se, e caiu em prantos — o "bobo chorão".

SOLSTÍCIO DE VERÃO

A velha casa de fazenda na colina enrubesceu no arrebol da tarde e depois, à medida que a penumbra começou a subir do arroio, descorou, e no entanto se iluminou ainda mais, as paredes caiadas cintilando como se delas a luz emanasse, assim como a lua cintila quando as nuvens rubras se mudam em cinza.

O antigo pilriteiro no fundo do celeiro se tornou uma haste negra e alta, e suas folhas e ramos, uma negra massa contra o pálido e indistinto azul do céu crepuscular. Leonard olhou para o alto com um grande suspiro de alívio. Estava encarapitado no degrau da cerca viva ao lado da ponte e, quando o vento amainou, as ondulações na água se avultaram numa canção mais doce, e nenhum outro som se ouvia. O cachimbo se apagou, e, embora soubesse que os cômodos na fazenda davam vista para o rosa encarnado e o branco, ele não conseguiu se decidir a deixar a visão das paredes tremeluzentes e fantasmagóricas, e a melodia da clara água corrente.

O contraste de tudo aquilo com Londres era quase que ilimitado demais, dificilmente compreendido ou verossímel. Poucas horas antes, seus ouvidos pareciam estourar com a terrível batalha das ruas, com o clangor e o fragor dos enormes carros troantes nas pedras, com o agudo estrépito dos fiacres, o pesado estrondo dos ônibus balouçantes. E, durante a viagem, seus olhos ainda viam as multidões que se comprimiam, as confusas e furiosas torrentes de homens que avançavam para leste e para oeste, precipitando-se e acotovelando-se, cansando o cérebro com os movimentos constantes, com o incessante fluxo e refluxo de rostos pálidos. E o ar, uma fumaça quente, uma tênue e doentia respiração, como se de uma cidade acometida de febre; o céu, todo calor cinza que se abatia sobre homens fatigados, enquanto olhavam para cima através da nuvem de poeira que seguia à frente e os perseguia.

E agora ele se acalmava no profundo silêncio e se acalmava com a água em salmodia, os olhos viam o vale se dissolver em sombras suaves e em suas narinas estava a inefável fragrância de uma noite de verão, que como um remédio minorava todos os distúrbios e as dores do corpo e da mente. Molhou as mãos no orvalho da longa erva e banhou a fronte, como se toda a sujeira e a angústia das ruas devessem dessa forma ser completamente removidas.

Tentou analisar o perfume da noite. As folhagens verdes que obscureciam o arroio e escureciam as águas ao meio-dia desprendiam odores, e a profunda erva do vale era fragrante, uma aragem de perfume exalava do sabugueiro que iluminava a indistinta encosta, pairando sobre a fonte. Mas a rainha-dos-prados irrompia em flores a seus pés, e ah! as rosas vermelhas silvestres pendiam do país dos sonhos.

Por fim ele começou a subir a encosta na direção daquelas paredes brancas e mágicas que o haviam encantado. Seus dois cômodos ficavam na extremidade da comprida e baixa casa de fazenda, e, embora houvesse um corredor que levava à enorme cozinha, a sala de estar de Leonard se abria imediatamente para o jardim, para as roseiras carmesim. Ele podia se movimentar à vontade sem incomodar a família, ou, como o agradável fazendeiro o expressara, tinha uma casa só dele. Entrou, trancou a porta e acendeu as duas velas que estavam nos castiçais de latão reluzente em cima do consolo da lareira. O cômodo tinha pé-direito baixo e uma viga pintada de branco corria de um lado a outro no teto, as paredes eram bojudas e irregulares, adornadas com peças bordadas, com estampas desbotadas, e num canto ficava uma cristaleira, exibindo mimosas louças floridas de algum esquecido desenho local.

O cômodo estava tranqüilo, tão pleno de paz quanto o ar e a noite, e Leonard sabia que ali, na antiga escrivaninha, encontraria o tesouro que havia muito buscara em vão. Estava cansado, mas não sentia vontade de se deitar. Tornou a acender o cachimbo, começou a arrumar os papéis e se sentou preguiçosamente à escrivaninha, pensando na tarefa, ou, antes, no deleite, à frente. Uma idéia lhe ocorreu de súbito, e começou a escrever apressadamente, num êxtase, receando perder o que tivera a felicidade de encontrar.

À meia-noite, sua janela ainda estava iluminada na colina, e ele depôs a caneta com um suspiro de prazer pelo trabalho concluído. E agora não conseguia ir para a cama; sentiu que precisava perambular na noite e convocar o sonho do ar de veludo, do perfume das trevas, do sereno. Com cuidado destrancou e trancou a porta, caminhou devagar entre as roseiras persas e subiu a escada de pedra no muro do jardim. A lua se avultava em seu trono, em pleno esplendor; abaixo, a uma pequena distância, parecia haver o cenário pintado de um vilarejo, e mais acima, para além da casa de fazenda, começava um extenso bosque. E, ao pensar nos retiros verdejantes que vira de relance na tarde ensolarada, ele se encheu de uma saudade do mundo das florestas à noite, de um desejo de suas trevas, de seu mistério ao luar. Seguiu pelo caminho que havia visto, até que, na orla do bosque, olhou para trás e constatou que o vulto da casa de fazenda havia imergido na noite e esvanecido.

Penetrou na sombra, pisando de manso, e permitiu que a trilha o levasse para longe do mundo. A noite se encheu de sussurros, de secos ruídos murmurantes; logo pareceu como se uma hoste furtiva estivesse sob as árvores, cada homem rastreando outro. Leonard se esqueceu de sua obra, e de seu triunfo, e se sentiu como se sua alma tivesse se extraviado numa nova esfera escura que os sonhos haviam profetizado. Chegara a um lugar remoto, sem forma ou cor, composto apenas de sombras e de uma obscuridade que sobrepairava. Inconscientemente, desviou-se da trilha, e por um momento caminhou com dificuldade por entre as moitas, debatendo-se com ramos entrelaçados e sarças que lhe detinham os pés.

Por fim se libertou e descobriu que havia penetrado um amplo caminho, perfurando, parecia, o coração do bosque. A lua resplandecia acima das copas das árvores e conferia uma tênue cor verde à trilha que subia para uma clareira; um grande anfiteatro entre as árvores. Ele estava cansado, e se deitou na escuridão ao lado da estrada de turfa, e se perguntou se tinha por acaso encontrado algum caminho esquecido, algum atalho notável que legiões haviam trilhado. E, enquanto permanecia ali deitado, a observar, a fitar o pálido luar, viu uma sombra que avançava na relva diante dele.

"Um sopro de vento deve estar agitando um ramo atrás de mim", pensou, mas no mesmo instante uma mulher passou, e então as sombras e a mulher branca seguiram em sucessão.

Leonard agarrou com firmeza a vara que estava carregando e enterrou as unhas na carne. Viu a filha do fazendeiro, a moça que o visitara poucas horas antes, e atrás vinham moças com rostos semelhantes, sem dúvida as recatadas moças simples do vilarejo inglês, da casa de fazenda inglesa.

Por um momento elas o arrostaram, sem pudor, imperturbadas diante uma da outra, e depois passaram.

Ele vira seus sorrisos, vira seus gestos, e coisas que achava que o mundo havia muito esquecera.

As figuras brancas e contorcidas prosseguiram na direção da clareira, e os ramos as ocultaram, mas ele jamais duvidou do que vira.

NATUREZA

— E tinha um amplo terreno plano junto do rio — Julian prosseguiu, contando a história de suas férias. — Um amplo terreno plano de campinas enevoadas, divididas por barrancos baixos, entre as colinas e o rio. Dizem que o mundo romano está perdido sob a turfa, que uma cidade inteira adormece ali, ouro e mármore e âmbar, tudo enterrado para sempre.
— Você não viu nada?
— Não, penso que não. Eu costumava me levantar cedo, sair e deixar o moderno vilarejo para trás, escondido na cerração quente. E então eu ficava na campina nevoenta e observava a turfa verdejante tremeluzir e cintilar, enquanto o halo cinzento se dissipava. Ah! o silêncio. Não havia som algum, exceto o rolar do rio, a agitação das águas sobre os juncos. Os barrancos são de lama amarelada — prosseguiu —, mas, de manhã cedinho, quando o sol começa a brilhar na névoa, adquiriam o brilho da pérola e se tornavam como de prata. Havia um morro baixo que escondia alguma coisa, e nele um velho espinheiro pendia para o leste; situava-se um pouco distante da orla da maré. Lá eu ficava e via os bosques emergirem do halo da madrugada, e aquele sol branco parecia cercar a cidade com muros cintilantes. Se me imobilizasse, acho que teria visto a legião fulgurante e as águias, teria ouvido as sonoras trombetas desprendendo-se dos muros.
— Suponho que você deve ter visto e ouvido mais do que isso — falou o amigo. — Eu sempre lhe disse que também a terra, as colinas e mesmo os velhos muros são uma linguagem difícil de traduzir.
— E encontrei um lugar que me fez pensar nisso — disse Julian. — Ficava longe da cidade. Eu me perdi no meio daquelas

colinas ondulantes e me transviei por trilhas que seguiam dos campos para o bosque, e tudo o que vi de humano foi, aqui e ali, uma fumaça azul que subia rastejando da terra, da árvore, podia ser, ou do arroio, porque eu não via casa alguma. Continuei sempre com a sensação de que estava seguindo um objeto desconhecido, e de repente um vulto se ergueu de sonhos esquecidos. Uma velha casa de fazenda, construída com pedras cinzentas, prateadas; um celeiro comprido vacilando e mergulhando na direção de uma lagoa negra, pinheiros sobrepairando o telhado. Tudo era indistinto, como se visto num reflexo na água. Cheguei um pouco mais perto e constatei que tinha me libertado do labirinto de colinas. Fiquei de frente para a montanha, olhando para um vale profundo e extenso do outro lado, e o ano inteiro os ventos da montanha devem soprar contra o alpendre; espiam pelas janelas profundas e vêem a fuga das nuvens e o sol, naquela vasta encosta verdejante. Flores amarelas tremulavam no jardim, porque, mesmo naquele dia calmo, o vento da montanha varria o vale. Mas aqueles muros cinzentos e cintilantes! Uma luz emanava deles, e falavam de algo que ultrapassava o pensamento. Visitei também o vale do rio, um pouco adiante para o norte. A cidade logo se ocultou atrás das árvores, atrás de uma cortina de álamos-negros, sussurrando acerca da Itália, de videiras, de olivais. A vereda sinuosa me conduziu sob pomares, os ramos baixos de um verde escuro, quase negro, na sombra, e o caminho que serpeava entre o pomar e o rio me levou para dentro de um longo vale, onde a floresta é como uma nuvem sobre a colina. Observei a maré amarela se dissipar, e a água fluir clara, e a brisa era espectral. Foi lá que vi as lagoas ardentes.

— Você ficou para ver o pôr-do-sol?

— Sim, passei o dia inteiro no vale. O céu estava cinzento, mas não nublado; era, antes, um fulgor de luz argêntea que fazia a terra parecer sombria e no entanto brilhante. De fato, posso dizer que, embora o sol estivesse oculto, você julgaria possível que luas brancas flutuavam no ar, pois de vez em quando vi a encosta enevoada empalidecer e se iluminar, e uma árvore surgia de súbito no meio da floresta, e reluzia como se florescesse. Sim, e nas serenas campinas junto da beira do rio havia pequenos pontos de claridade, como se línguas de fogo branco faiscassem na erva cinzenta.

— Mas e o rio propriamente dito?

— O dia inteiro era um hieróglifo, serpeando em esses sob aqueles barrancos fantasmagóricos, incolor, e no entanto incandescente como todo mundo à volta. Por fim, ao anoitecer, sentei-me sob um pequeno elmo no declive, onde aspirei o perfume e senti a pesada imobilidade da madeira. Então um estranho vento soprou, lá em cima no céu, e o véu cinzento esvaneceu. O céu era um claro e pálido azul; no oeste, surgiu um verde ardente de opala e, embaixo, um muro purpúreo. Então, no meio da púrpura, abriu-se uma fenda; houve um clarão vermelho, e instantâneos raios vermelhos, como se um metal rubro estivesse sendo malhado e pressionado na bigorna, e as faíscas se espalhavam. E assim o sol sumiu. Pensei que devia esperar para ver todo o vale, o rio, a campina e o bosque imergirem no crepúsculo, tornarem-se sombrios, amorfos. A luz desapareceu do rio, a água empalideceu enquanto corria entre tristes juncos e ervas. Escutei um brado áspero e melancólico, e, acima, no ar penumbroso, um vôo de aves grandes que seguiam na direção do mar em ordem hieroglífica e mutante. A aguçada linha das colinas parecia, ao pôr-do-sol, dissolver-se, tornar-se indistinta. Então vi que o céu florescia ao norte. Lá surgiam roseirais, com sebes douradas, e portões bronzeados, e o grande muro purpúreo se incendiou ao se tornar plúmbeo. A terra estava de novo iluminada, mas com artificiais cores enjoiadas; a luz mais pálida era sardônica, a escuridão era ametista. E então o vale estava em chamas. Fogo no bosque, o fogo de um sacrifício sob os carvalhos. Fogo nos campos planos, um grande incêndio no norte, e uma chama intensa no sul, acima da cidade. E no rio calmo o próprio esplendor do fogo, sim, como se todas as coisas preciosas tivessem sido lançadas em suas lagoas de fornalha, como se o ouro e as rosas e as jóias tivessem se tornado chamas.

— E depois?

— Depois o brilho da estrela vespertina.

— E você — disse o amigo —, talvez sem saber, me contou a história de uma maravilhosa e inacreditável paixão.

Julian olhou para ele, com espanto.

— Você tem toda a razão — disse ele afinal.

AS COISAS SAGRADAS

O céu sobre Holborn estava azul e apenas uma nuvenzinha, meio branca, meio dourada, flutuava na direção do vento de oeste para leste. A comprida ilha da rua estava esplêndida na luz plena do verão, e longe, no oeste, onde as casas pareciam se encontrar e se unir, havia um tabernáculo acolhedor, misterioso, a casa esculpida de coisas sagradas.

Um homem saiu na grande avenida vindo de um pátio tranqüilo. Estivera sentado à sombra de um plátano por uma hora ou mais, a cabeça atormentada com perplexidades e dúvidas, com o sentimento de que em tudo faltava sentido ou propósito, um emaranhado de alegrias insensatas e tristezas vazias. Revolvera tudo e relutara e se empenhara, e agora a decepção e o êxito eram igualmente sem sabor. Lutar era fadiga, realizar era fadiga, nada fazer era fadiga. Sentira, um pouco antes, que das coisas mais elevadas às mais baixas da vida não havia escolha, não havia uma só coisa que fosse melhor do que a outra: o gosto do carvão extinto não era mais doce do que o gosto das cinzas. Fizera trabalhos de que alguns gostaram e outros desgostaram, e gostar e desgostar eram igualmente enfadonhos para ele. Sua poesia ou sua pintura ou o que quer que fosse em que trabalhasse deixaram completamente de lhe interessar, e ele tentara ser ocioso e constatara que a ociosidade era tão insuportável quanto o trabalho. Perdera a capacidade de criar e perdera a faculdade de repousar; adormecia durante o dia e se sobressaltava e gritava à noite. Mesmo naquela manhã estava indeciso e hesitara, sem saber se ficaria em casa ou se sairia, certo de que em qualquer um dos planos havia um fastio e um desagrado infinitos.

Quando por fim saiu, deixou que a multidão o empurrasse para o pátio tranqüilo e, ao mesmo tempo, praguejou em voz baixa por fazê-lo; procurou se convencer de que pretendera ir para algum outro lugar. Quando sentou-se, empenhou-se desesperadamente para se animar, e, como sabia que todos os interesses fortes são egoístas, fez um esforço para se entusiasmar com o trabalho que realizara, para encontrar um arroubo de satisfação no pensamento de que havia concluído algo. Era tolice; encontrara um truque inteligente e o explorara ao máximo, e estava acabado. Ademais, o que lhe interessava se o elogiassem quando estivesse morto? E qual era a utilidade de inventar novos truques? Era insensatez; e ele rangeu os dentes quando lhe ocorreu uma nova idéia e a rejeitou. Embriagar-se sempre lhe dera um terrível mal-estar, e outras coisas eram mais tolas e fastidiosas do que a poesia ou a pintura, qualquer que fosse.

Não conseguia nem mesmo descansar no desconfortável banco sob o plátano úmido e fétido. Um moço e uma moça chegaram e se sentaram ao lado dele, e a moça disse: "Puxa, como está bonito hoje, não?", e depois começaram a matraquear — os malditos idiotas! Ele se levantou com fúria do banco e se dirigiu para Holborn.

Tanto quanto se podia ver, havia duas fileiras de ônibus, cabriolés e carroças que iam de leste para oeste e de oeste para leste. Ora a longa fila andava com rapidez, ora parava. As patas dos cavalos estrepitavam e tamborilavam no asfalto, as rodas rangiam e ressoavam, um ciclista oscilava por aqui e por ali entre as fileiras cerradas, tocando a campainha desafinada. Os pedestres seguiam de um lado para outro na calçada, com uma constante substituição de rostos desconhecidos; havia um incessante zumbido e um bulício de vozes. Na segurança de um beco sem saída, um italiano girava a manivela de seu piano-órgão; o som que este emitia aumentava e diminuía à medida que o trânsito se avolumava e parava, e de vez em quando se ouviam as vozes estridentes das crianças que dançavam e gritavam ao compasso da música. Perto da calçada, um verdureiro ambulante empurrava o carrinho e anunciava flores com uma estranha entonação, lembrando o canto gregoriano. O ciclista tornou a passar com a insistente campanhia desafinada, e um homem que estava parado junto ao poste de luz acendeu a pastilha perfumada e observou a tênue fumaça azul subir na luz do sol. Longe, no oeste, onde as casas pareciam se unir, o jogo da luz do sol na névoa criava, por assim dizer, maciças configurações douradas que vacilavam e avançavam e tornavam a vacilar.

Vira essa cena centenas de vezes e, por um longo tempo, considerou-a um inconveniente e um tédio. Mas agora, enquanto andava com enfado, com lentidão, ao longo do lado sul de Holborn, ocorria uma mudança. Ele não sabia, de modo algum, o que era, mas parecia haver um ar estranho, e um novo fascínio que lhe acalmava o ânimo.

Quando o tráfego parou, para sua alma houve um solene silêncio que convocou remanescentes de uma lembrança remota. As vozes dos pedestres se dissiparam, a rua estava imbuída de uma grave e reverente expectativa. Numa loja pela qual ele passara havia uma fileira de lâmpadas elétricas ardendo acima da porta, e seu fulgor dourado à luz do sol era, ele sentia, significativo. O rangido e a trepidação das rodas, à medida que a fileira tornava a se movimentar, emitiram um acorde musical, a abertura de algum elevado culto que estava para ser realizado, e agora, num êxtase, ele tinha certeza de que ouvira o rebôo e a elevação e o júbilo do órgão, e coristas maviosos e pungentes começaram a cantar. E assim a música se dissipou e se elevou e ecoou na vasta ilha — em Holborn.

O que significariam aquelas lâmpadas na brilhante luz do sol? A música silenciou num grave encerramento, e, no estrondo do tráfego, ele ouviu as últimas e profundas notas sonoras se chocarem contra as paredes do coro — ele passara longe do âmbito do instrumento do italiano. Mas então uma voz cheia começou sozinha, subindo e baixando em modulações monótonas mas solenes, entoando uma canção saudosa e exultante, solicitando que o fiel elevasse o coração, se unisse em coração aos anjos e arcanjos, aos tronos e às dominações. Ele já não conseguia ver, não conseguia ver o homem que passara perto dele, empurrando o carrinho e anunciando flores.

Ah! Não podia estar enganado, estava certo agora. O ar estava azul com incenso, ele sentia o cheiro da deliciosa fragrância. A hora havia quase chegado. E então o argênteo, reiterado, instantâneo chamado de um sino. E de novo, e de novo.

As lágrimas escorreram dos olhos, em seu pranto as lágrimas

correram como chuva sobre as faces. Ele viu, porém, na distância, na longa distância, o tabernáculo esculpido, poderosas figuras douradas movendo-se com vagar, implorando com os braços estendidos.

Soou o ruído de um forte grito; o coro cantava na linguagem de sua mocidade, que ele tinha esquecido:

SANT... SANT... SANT

Então o sino argênteo tornou a tilintar. E de novo, e de novo. Ele olhou e viu os sagrados, alvos e cintilantes mistérios manifestos — em Holborn.

A DEMANDA DO MISTÉRIO

José Antonio Arantes

"Ó dádiva da eternidade:
Ó maravilhoso e oculto mistério."
"The praise of myfanwy"

"Digo que sou um homem, mas quem é o outro que se oculta em mim?"
"Psicologia"
Arthur Machen

"Com uma unanimidade singular, há trinta anos os críticos negligenciam a obra de Arthur Machen." Essa declaração é do autor do primeiro ensaio sobre o escritor galês, Vincent Starrett. Uma omissão e uma referência de uma linha a Machen em dois livros de peso sobre a década de 1890, e meio capítulo num estudo acadêmico que demonstrava "erroneamente" a influência de Charles Baudelaire em sua obra, convenceram o crítico da necessidade de fazer justiça ao "eminente artista de sua época e um dos grandes mestres de todos os tempos". O ensaio, *Arthur Machen: A novelist of ecstasy and sin*, foi publicado como folheto em 1917 em Chicago pelo editor Walter M. Hill, que partilhava a convicção de que Machen enfim ganharia, nas palavras de Starrett, "a merecida fama, fenômeno tardio que me disponho a acelerar na medida em que esteja a meu alcance". Tardio, sem dúvida, uma vez que Arthur Machen estava então com 54 anos de idade e tinha publicado cerca de dez livros em trinta anos.

A iniciativa, em cumplicidade com Machen, era desafiadora, tanto mais porque partia de um norte-americano que, nos Estados Unidos, denunciava também a negligência dos britânicos. Resultado ou não desse empenho, aos poucos Machen começou a ser objeto de estudos nos Estados Unidos e na Grã-Bretanha — o que ainda ocorre, com morosidade e intermitência. O ensaísta, porém, e muitos que o sucederam, visava um público formado de críticos e acadêmicos cuja contribuição, embora importante, parece não ter ajudado a tornar o nome de Machen conhecido de um público amplo.

A profecia de Starrett — "Sua apoteose virá após sua morte" — não se cumpriu. Passados cento e dez anos da publicação do primeiro título, e mais de meio século de sua morte, o nome Arthur Machen detona um branco na maioria dos leitores: "nunca ouvi falar" (mesmo quando pronuncia-se o sobrenome corretamente: oxítono, o "ch", aspirado, próximo do "j" espanhol). Quem ouviu, e quer conhecê-lo, descobre que seus livros estão esgotados, alguns publicados em edições limitadas de capa dura caras ou em brochura a preço razoável por editoras sem grande distribuição. Ademais, Machen não figura em antologias, exceto nas de histórias de horror e sobrenatural, não consta nos livros de história da literatura inglesa; dicionários de literatura raras vezes lhe consignam um verbete, e quando o fazem este é breve (na medida de um autor "menor"?), com a reserva de uma linha, se tanto, para um comentário que pode ser desfavorável.

Machen foi e ainda é um autor com um público restrito, não seria impróprio chamá-lo de *cult*, lido sobretudo por aficionados do gênero sobrenatural e reconhecido por um grupo de escritores de épocas e tendências diferentes, entre os quais Oscar Wilde, William Butler Yeats, Howard Phillips Lovecraft, Stephen King, Clive Barker, Thomas Stearns Eliot e Jorge Luis Borges. Essa condição — que na superfície sugere um *status* de prestígio e no fundo um delicado equilíbrio entre uma fortuita (re)descoberta e um rápido esquecimento — decorre, mais do que quaisquer outros fatores, da peculiaridade das próprias obras e das circunstâncias em que foram criadas.

Cabe, pois, perguntar: quem é Arthur Machen? Como se para oferecer uma resposta, ele escreveu uma autobiografia em dois volumes, *Far off things* e *things near and far*, publicados em 1922 e 1923. Uma vez que faleceu em 1947 e não publicou outros livros com a clara qualificação de autobiografia, pode-se, em princípio, inferir que Machen com sutileza simulava dar-se a conhecer. Isso se evidencia nos dois volumes citados, nos quais fatos são omitidos, subentendidos ou mencionados com imprecisão e nomes reais de pessoas e lugares são substituídos por nomes ficcionais. O resultado é um depoimento leve, espirituoso, lírico, proustiano às vezes nas regressões e na recuperação do passado, sem um tom confessional transparente, na medida em que este é concebível. Nisso, claro, não há artimanha. Trata-se do enfoque de um homem obcecado com as letras, que buscava escrever um "grande romance". Por motivos não estranhos a essa busca, no entanto, ele adotou em ocasiões o procedimento inverso, ou seja, projetou a personalidade e a experiência pessoal na ficção de um modo tal que boa parte desta serve como uma espécie de fonte biográfica (daí Borges ter considerado semi-autobiográfico o intrigante *The london adventure*). Uma possível resposta à pergunta, nesse caso, beneficia-se então de um delineamento da vida e da obra, e, dentro de limites, de algumas correlações entre elas.

Os véus do invisível

Uma constante presença nas obras de Machen, sem a qual não o compreendemos, é a paisagem de Gwent, condado sulista do País de Gales que foi principado celta até a conquista normanda, no século XI. Em Gwent fica o vilarejo de Caerleon-on-Usk, onde Arthur Llewellyn Jones nasceu em 3 de março de 1863. No ano seguinte ao do nascimento, o pai, o reverendo John Edward Jones — quem pertencia a família Machen era a mãe, Janet Robina —, foi transferido para o vilarejo de Llanddewi, um punhado de chalés e sítios dispersos no vale Sor, a cerca de oito quilômetros a noroeste de Caerleon e não distante da bacia do rio Usk, cujo curso, na visão de Machen, "serpenteia em esses místicos". Ali ele cresceu e viveu a adolescência inteira. E ali absorveu a geografia: uma vasta planície, terrenos acidentados, vales profundos entre colinas elevadas e florestas cerradas e escuras.

Era filho único, criado com o auxílio de uma tia solteira, Mary, e, por algum tempo, de serviçais, numa família de "padres e estudiosos galeses": o pai se formara em teologia no Jesus College, de Oxford, e substituíra o avô, Daniel Jones, que fora vigário de Caerleon, antes de ser transferido para Llanddewi; o bisavô, com o mesmo nome do avô, fora cura de St. Fagan, em Cardiff. Os primos viviam longe, alguns em Londres, não havia outras crianças à volta, "nada de críquete, nada de futebol, e isso me deixava muitíssimo feliz, porque eu teria detestado essas distrações com todo o estremecimento do corpo e do espírito. Afora meu pai e minha mãe, eu gostava de ficar sozinho, com todo o tempo disponível para devanear, vaguear e vagabundear de trilha em trilha, de bosque em bosque". Com as caminhadas de exploração, "tornei-me um encantado estudioso do campo à luz do dia, o qual, acho, para mim nunca foi iluminado pela luz comum do dia, antes, sim, por sóis que se erguiam dos mares sagrados do reino encantado e mergulhavam atrás de colinas mágicas".

A magia ganhou novas e profundas dimensões imaginárias quando Machen se deu conta de que ela emanava do próprio solo. O avô encontrara inscrições e relevos romanos no atro da igreja da paróquia de Caerleon; esculturas pagãs do tempo da ocupação romana foram descobertas em escavações arqueológicas; "em algum lugar nos declives inferiores da floresta, Caerwent, também uma cidade romana, jazia soterrada, e de vez em quando revelava estranhas ruínas — fragmentos do templo de 'Nodens, o deus das profundezas'". Machen via em Caerleon-on-Usk "o pequeno, deserto e silencioso vilarejo que outrora foi a dourada Isca das legiões romanas, que é para sempre dourada e imortal nos romances do Rei Artur, do Graal e da Távola Redonda".

Vale aclarar essas referências num parênteses: Isca Silurum era uma fortaleza e sede da segunda legião augusta, construída a partir de 74-75 d.C., quando se dava a conquista dos siluros, povo antigo do atual País de Gales, e concluída por volta do ano 255 (o topônimo Caerleon-on-Usk significa "forte à margem do rio"); um anfiteatro que se encontra em Caerleon é conhecido como a "Távola Redonda" do Rei Artur, figura lendária associada a Gales e à Cornualha. O nome romano Nodens corresponde ao galês Nudd, ou Lludd, deus solar na mitologia cambriana, cuja complexidade se reflete nos nomes e epítetos que recebe: Robert Graves, por exemplo, qualifica-o de deus do oceano, "pai de Creiddylad (Cordélia), um aspecto da Deusa Branca"; o templo foi descoberto em Lydney, perto do rio Severn, e numa placa de bronze encontrada nas proximidades o deus é representado com um halo, rodeado de tritões e espíritos voadores. Caerwent (o sufixo *went* talvez esteja relacionado ao galês *gwant*, "marco") chamava-se Venta Silurum sob o domínio romano, e escavações arqueológicas lá realizadas revelaram saunas, uma basílica e um anfiteatro.

A história antiga da região também se manifesta nas ruínas de castelos e monastérios medievais. Daí que esta era a "condição ao longo dos anos da meninice e da mocidade: tudo para mim era maravilhoso, tudo o que era visível era o véu de um segredo invisível. Diante de uma pedra de formato peculiar, eu estava propenso a imergir numa espécie de devaneio ou meditação, como se ela fosse um fragmento de paraíso ou reino encantado".

Machen fez descobertas num outro reino encantado assim que aprendeu a ler, por volta dos 7 anos de idade: na biblioteca "de modo algum selecionada" do pai, nas estantes dos vizinhos, nas bancas de livros das estações de trem. Nas estantes do pai, descobriu os romances de folhetim baratos conhecidos como *yellowbacks*, por terem capa de cartão amarelo, um obscuro autor de nome Verdant Green ao lado dos diálogos de Erasmo com capa de couro do século XVII. Num dia feio, à procura de um livro, encontrou *Wuthering Heights* e uma gramática de hebraico que pertencera ao avô, a qual fê-lo adiar Emily Brontë por um momento. Havia também as revistas *Chamber's*, *Welcome Guest* e, principalmente, *Household Words*, editada por Charles Dickens do volumoso *Pickwick Papers*. Era de se esperar bons artigos numa revista editada por Dickens, inclusive curiosidades e histórias de fantasmas amenas, mas não o fora do comum. "No entanto, foi num volume de *Household Words* que li pela primeira vez a respeito de alquimia, numa breve série de artigos (desde então o reconheço) particularmente bem-intencionados e eruditos." Levou sir Walter Scott a sério "com grande alegria, e perambulava, enlevado, por sua biblioteca de aventuras e maravilhas enquanto perambulava pelos vales e pelas veredas, confrontado continuamente com novos encantos e novos prazeres". Entre os autores preferidos, da adolescência à velhice, estavam François Rabelais e Charles Lamb, e, entre os livros, *Dom Quixote*, *As mil e uma noites* e *Confessions of an english opium eater*, de Thomas De Quincey. Tomou estes dois últimos emprestado de uma vizinha, e enfim os comprou "por volta de 1875 ou 1876", após ingressar na escola.

Já com um preparo, Machen foi enviado para Hereford Cathedral School, um internato anexo à catedral da cidadezinha de Hereford que remontava ao século XIV. Apesar do convívio com cerca de cinqüenta alunos, a "escola pareceu não fazer muita diferença para meus hábitos mentais. Eu estava com 11 anos de idade, na época, e acho que 'destinado' à solidão. Passei o período letivo como se fosse uma espécie de interlúdio entre estranhos, e voltei para minhas veredas amigas, para meus vales profundos, sombrios e secretos, assim como um homem volta para seus entes queridos, para seus campos queridos, depois de um exílio entre forasteiros e estrangeiros".

Com a "volta" Machen se refere sem explicitar, na autobiografia, a uma ausência do internato entre dezembro de 1875 e junho de 1876. Não se sabe ao certo a causa da interrupção: talvez inadaptação (detestava educação física, por exemplo), talvez problemas financeiros da família; o pai trocara o nome para Jones-Machen em 1874, ano em que o filho fora para Hereford, possivelmente com vistas a obter uma bolsa de estudos, mas é provável que por motivos testamentários. Sabe-se ao certo que, quando o menino voltou ao internato, o nome Arthur Jones-Machen passou a constar nos registros.

Machen subestimou a escola e se rebelou contra seu sistema educacional, mas, na década de 1930, dignificou-a. Reconheceu que ao deixá-la, em abril de 1880, levara consigo uma sólida formação clássica. De fato, foi aluno brilhante durante os seis anos em que a cursou, versado em teologia, proficiente em grego, latim e francês.

Por motivos obscuros (Machen não o menciona e os biógrafos são vagos), no início da década de 1880, o pai estava falido e a mãe, inválida. As circunstâncias impediram que ele se formasse em teologia pela Universidade de Oxford e praticasse o sacerdócio, como o pai planejara, descontinuando assim a tradição da família. Sugeriu-se, contudo, um curso de medicina. Em julho de 1880, Machen fez a primeira viagem a Londres, onde passou alguns meses, para prestar exames no Royal College of Surgeons. Devido a "pessoas chamadas de examinadores", foi reprovado por estar "incapacitado para as regras mais simples da aritmética". Restou-lhe voltar para Llanddewi, com a idéia de lá ficar apenas oito ou nove meses.

Nesse período, mostrou ter aptidão literária ao escrever sob a influência de *Songs before sunrise*, do poeta Algernon Charles Swinburne (1837-1909), num volume que comprara em Londres. Quando todos na residência "estavam deitados e dormindo, eu me sentava ao lado de um fogo mortiço e escrevia um 'poema' sobre um tema clássico". Trata-se de um longo poema sobre os mistérios gregos, terminado no inverno de 1880-81. Levou o manuscrito de *Eleusinia*, como intitulara o poema, para o dono de uma papelaria de Hereford e encomendou a impressão de cem exemplares. Uma edição do autor, que permaneceu anônimo.

Mais tarde Machen julgou os versos, alguns rimados, outros brancos, todos ruins, mera adaptação de um artigo num dicionário clássico; tão ruins que destruiu quase todos os exemplares, exceto, talvez, dois ou quatro (na autobiografia diz possuir o único existente). O ensaísta Wesley D. Sweetser ressalta que, não obstante a qualidade, típica de um poeta imaturo de 17 anos de idade, o poema importa em relação à obra por nele constar a palavra "mistérios" no sentido antigo do ritual pagão de Démeter, a deusa maternal da Terra. No encerramento há a esperada revelação ao iniciado nos mistérios de Elêusis, envolta, como diz Sweetser, no "sentimento de temor e assombro que cercava a veneração das forças invisíveis da natureza antes de a religião ter-se formalizado a ponto de perder o significado vital". No ensaio *Beneath the Barley*, de 1931, comentando o poema, Machen declara algo análogo ao explicar que, para ele, a literatura "é a arte de descrever o indescritível; a arte de apresentar símbolos que possam sugerir os mistérios inefáveis que se encontram atrás deles; a arte do véu, que revela o que ele vela".

Ao longo da vida, Machen publicou apenas outros três poemas — dois "inéditos" como apêndice ao ensaio de Vincent Starrett, "The remembrance of the bard" e "The praise of myfanwy", ambos exaltações místicas de lugares de Gwent. Convencera-se de que não era poeta, mas não perdera o sentimento poético nem a percepção do mistério na natureza: teve a oportunidade de transferi-los para a prosa.

Entre a cidade e o campo

Jamais se atreveu a citar um verso de *Eleusinia*, mas admitiu que o magro folheto ao menos teve uma influência sobre sua vida: "Meus pais decidiram, depois de lê-lo, que o jornalismo era uma carreira para mim; uma decisão que me pareceu sensata e agradável, o que hoje me causa estranhamento; ou melhor, estupefação".

Com o fim de seguir a carreira de jornalista, que não implicava a "pequena dificuldade da aritmética", fez a segunda viagem a Londres. O "chamado" de Londres começara na primavera e no verão de 1880, época dos exames para o curso de medicina, aumentando o desejo de ter notícias do "novo mundo que visitaria", mas os jornais londrinos raras vezes chegavam a Llanddewi. Passou três anos nesse novo mundo, de junho de 1881 a julho de 1884, "numa singular espécie de aprendizado de vida, de Londres, das letras e de muitas outras coisas".

Viajara antes em companhia do pai: fora a Cardiff para assistir a uma peça de teatro; a Dublin, onde também assistira a uma peça; a Londres para os exames frustrados, sem descuidar de ir ao teatro. Nenhuma dessas viagens, tampouco a leitura dos romances de Dickens, preparara o rapaz do interior (de um condado onde a atividade econômica principal era a agropecuária, a indústria têxtil e a do carvão existiam apenas numa parte de Gwent) para a experiência prolongada na capital do mundo, símbolo do Império Britânico.

O sucesso da economia da era vitoriana — exportação de carvão e ferro, desenvolvimento dos setores naval e têxtil, moeda forte e sistema bancário estável — exercia um enorme impacto social nas áreas urbanas e industriais, das quais Londres era a mais bem-sucedida. Era grande a desigualdade das classes sociais, as ruas repletas de desabrigados e milhares de mascates de todas as idades, a classe mais baixa engrossada por estrangeiros, em torno de 40.000 no início da década de 1880, e migrantes das áreas rurais da Inglaterra, Irlanda e do País de Gales, afetados por uma crise da agricultura. Estima-se que, na época da viagem de Machen, dos 6-7 milhões de habitantes da Grande Londres cerca de 35% eram compostos de migrantes. O que esperava essa gente eram, pois, os aspectos mais duros da grande cidade rica, então com cerca de 4 milhões de habitantes: subemprego, privações, péssimas condições habitacionais e sanitárias, ar poluído pelas chaminés das fábricas e das casas, trens sujos e desconfortáveis.

Tal como na primeira visita, Machen ficou nos subúrbios. Ou, como diz com ironia, em "barracas", porque, "com raras exceções, londrinos não têm casa. Isso era verdadeiro, em grande parte, há quase duzentos anos, quando Dr. Johnson saiu de Lichfield e veio para Londres pela primeira vez; hoje é quase universalmente verdadeiro". Morou primeiro no extremo oeste, em Turnham Green, uma área de características rurais; depois, por quase dois anos, "num quarto muito, mas muito pequeno em Clarendon Road [número 23], em Notting Hill Gate", área no oeste da cidade na qual havia ainda terras reservadas à agricultura e, num contraste, bairros com residências luxuosas ao lado de casas pobres e cortiços (um contraste existente até hoje). Machen se instalou num quarto de uma casa de cômodos situada na parte pobre: "Lamento dizer que eu não tinha uma mansarda, uma vez que as casas do bairro, sendo relativamente modernas, não possuíam os telhados inclinados que testemunharam os mistérios de tantos homens letrados. [...] Ficava, claro, no alto da casa, e era bem menor do que qualquer 'cela' monástica que já vi. Se bem me lembro, creio que suas dimensões eram de três metros e meio por um metro e meio. Continha uma cama, uma pia, uma mesinha e uma cadeira; de modo que era uma sorte ter poucas visitas". Sem lareira, o inverno era implacável; ele aquecia as mãos perto da chama do bico de gás. Fora do quarto, no patamar, guardava o baú de madeira com os pertences; os degraus de uma escada de mão que levava ao telhado serviam de estante para os livros. Os vizinhos eram um casal de armênios, um grego e uma corista-dançarina, "parceiros por um único verão"; o chefe da casa da senhoria era "um major, e sei que era evangelista", porque o ouvia gritar "rezemos".

Durante meses, preparou-se para a carreira de jornalista

estudando taquigrafia, na época um requisito para se "escrever cento e cinqüenta palavras por minuto", como especificava um anúncio para um cargo jornalístico. Por fim abandonou o esforço, "por ser estúpido demais para aprendê-la". Ainda visando o preparo, porém, fez muitas leituras: as lendas do *Mabinogion*, reunião de onze narrativas mitológicas galesas antigas (nas quais figura o deus Nudd) presentes em narrativas medievais e em *Morte d'Arthur*, de Thomas Malory, autor que o fascinava e, como as lendas, o influenciaria diretamente; a biografia *Dr. Johnson*, de James Boswell; *Earthly paradise*, do poeta William Morris, aqui imerso na Idade Média, e poemas de Robert Herrick. Escreveu à maneira desses poetas, exercitando-se num gênero para o qual não tinha talento.

Passados uns dois anos, o novo mundo se revelara como era: "Comecei a me dar conta, muito gradualmente, e com graus de tristeza, de que as alegrias de Londres eram artigos que tinham de ser comprados com dinheiro, e isso eu não tinha". Londres era mais um "castelo de gnomos do que uma cidade de deleites". Ganhava a vida como professor particular de crianças, afora bicos para "casas editoras"; alimentava-se de pão, chá verde e tabaco, tomava uma cerveja a cada duas semanas e se dava o luxo de um bom jantar quando recebia o pagamento das aulas; andava à toa pela cidade, espantando-se com os horrores da pobreza e os labirintos de ruas, refugiava-se nos locais agrestes. A solidão de Llanddewi era paradisíaca, a solidão de Londres constituía um isolamento, uma privação física, moral e intelectual.

Se há algo que Machen enfatiza na autobiografia, afora a paixão pela natureza e pela literatura, é essa privação. Resumiu o período assim: "Aqui começam os terrores", citando a primeira linha de um dístico no romance medieval *Perlesvaus* (Percival), do ciclo arturiano da demanda do graal no início do século XIII.

Uma de suas imitações, terminada no outono de 1883, ensejaria uma radical mudança de vida. Escrevera para afugentar a depressão e a sensação de loucura iminente. O livro imitado, *The anatomy of melancholy*, do inglês Robert Burton (1577-1640), com o pseudônimo Democritus Junior, fora publicado em seis volumes entre 1621 e, postumamente, em 1651. Num estilo digressivo, erudito, cheio de expressões em latim e grego, com base na antiga teoria dos "humores" e na experiência pessoal do autor, o livro investiga causas, sintomas e tratamentos da melancolia, doença que "afeta a imaginação e a razão, uma após a outra". A imitação recebeu o divertido título de *The anatomy of tobacco: or smoking methodized, divided & considered after a new fashion*, assinado com o pseudônimo Leolinus Siluriensis, professor de "Filosofia Fumílica da Universidade de Brentford". Neste pastiche crivado de expressões latinas, Machen louva o prazer de fumar cachimbo, por ser mental, e rotula de materialista quem se entrega ao hábito de mascar ou cheirar tabaco.

Para ele, o livro é "elaborado demais, elefantino, esticado", embora com cerca de apenas oitenta páginas. "Quisera ter podido escrever o livro verdadeiro — ou seja, o livro sonhado, planejado — e não o livro real." Mesmo assim, tal como com *Eleusinia*, procurou um editor. Enviou-o a um "cavalheiro", tão querido por seus autores que o chamavam de "Tio", que lhe devolveu o manuscrito com a polida recomendação de que abordasse outro "tópico de interesse para um público mais geral". Um amigo contatou por iniciativa própria um outro editor, "sugerindo que um livro meu adornar-lhe-ia o catálogo". O editor, "Davenport", correspondeu-se com ele e ambos se encontraram. Tratava-se, na realidade, de George Redway, um livreiro-editor de Covent Garden, no coração do oeste de Londres, que gostou do livro e concordou em publicá-lo, depois de "alguns ajustes preliminares". Era um momento da "carreira" em que os alunos de repente "sumiram", e, tendo no bolso dinheiro suficiente apenas para uma passagem, Machen voltou para o "território de Caerleon-on-Usk que era Avalon". Em Gwent, pessoas que conheciam seu pai e seus antepassados em nome "da família [...] ajudaram-me a arranjar essas 'preliminares'". Financiaria uma edição pela segunda vez, pois, "afinal, é razoável que um homem pague o ingresso ao principiar num ofício".

Enquanto revisava as provas em Llanddewi, Redway lhe escrevia perguntando se tinha idéias para outros livros, ao mesmo tempo oferecendo sugestões que, parece, eram recusadas: "se eu não tinha um livro na cabeça, não seria capaz de produzir um por encomenda". Quando enviou um capítulo do que intitulara *A quiet life*, retrato da vida serena que desfrutava, Redway o aconselhou a deixar esse tipo de literatura para quando chegasse aos 80 anos de idade. Compensando a recusa, porém, propôs-lhe a tradução de "três ou quatro textos" de *Heptaméron* (1558-59), uma coleção póstuma de cerca de setenta narrativas amorosas de Marguerite D'Angoulême (Margarida de Navarro, rainha consorte de Henrique II, de Navarro, falecida em 1549). Machen aceitou a encomenda pelo pagamento de £20, um pouco acima do salário anual de uma doméstica numa família londrina de classe média na época. Embora fosse um texto renascentista calcado no *Decamerão*, de Boccaccio, Machen empregou os recursos assimilados com as imitações, uma mistura de estilos dos autores preferidos do século XVII, como em *The anatomy of tobacco*.

Terminada a tradução, sem nada a fazer exceto procurar idéias para escrever, enquanto andava por vales e bosques, recebeu de George Redway uma proposta de trabalho que lhe pareceu irrecusável: catalogar livros raros por um salário anual de £60. Era o verão de 1885, e Machen voltou para o sótão de Clarendon Road. Quando começou a trabalhar, imergiu num mundo de maçonaria, paganismo, ocultismo e alquimia — num segundo encontro com Hermes Trismegisto, desde os artigos na revista editada por Dickens, e num primeiro encontro marcante com o poeta e filósofo hermético Thomas Vaughan. Mais do que a catalogação, porém, tinha de ler os livros para resumi-los, o que lhe deu um profundo conhecimento da literatura esotérica. Ao mesmo tempo, nas horas livres, planejava um "grande romance" que louvasse a terra natal.

De Gwent, no entanto, chegou-lhe a notícia da morte da mãe (em 10 de novembro). Voltou imediatamente para Llanddewi, onde ficou com o pai até o ano seguinte. Durante esse período, concebeu e escreveu, "lutando contra a amarga convicção de minha incapacidade", a primeira obra de ficção, concluída em junho ou agosto de 1886.

Ambientado na Idade Média, *The chronicle of Clemendy* é uma série de histórias contadas por um grupo de amigos, membros de uma espécie de clube de bebedores de cerveja que viajam para um festival de cerveja na cidade de Usk. As histórias incluem episódios com damas loiras deslumbrantes, cavaleiros intrépidos, monges folgazões, os prazeres da bebida e do tabaco, e circunstâncias eróticas insinuadas em duas narrativas que tratam de sedução e traição. A estrutura se assemelha à de *Heptaméron*, mas Machen atribui as origens de *The chronicle of Clemendy* a "uma admiração por Rabelais, o insuperável, a *Contes drolatiques*, de Balzac, e a minha própria terra, Gwent". As referências à região — topônimos, natureza e lendas — são profusas, justificando a qualificação que ele atribuiu ao livro, "mitologias silurianas"; mas há pouco de Balzac e Rabelais, assim como da sensação dos prazeres, concebidos, a exemplo do prazer de fumar, como coisa mental.

Quando foi publicado em 1888, também numa edição do autor, *The chronicle of Clemendy* não interessou o público, apesar da voga do medievalismo, representado por William Morris na literatura e por Dante Gabriel Rossetti e outros pré-rafaelitas na pintura. Os críticos o ignoraram, salvo um. Vincent Starrett relata que Machen reservou um único exemplar de divulgação, enviado para *Le Livre*, de Paris. "Caiu nas mãos de Octave Uzanne, que logo ordenou que Rabelais e Boccaccio se 'mexessem' nos assentos imortais e dessem lugar para o autor ao lado deles." O crítico francês qualificou Machen de "*le renouveau de la Renaissance*". Machen ironizou: "Submeto meu julgamento inteiramente ao sr. Octave Uzanne". E abandonou para sempre os oito volumes subseqüentes que imaginara, sob o título geral de *The glory of Gwent*.

Em 1887, George Redway tornou a chamá-lo, oferecendo as mesmas £60 anuais para catalogar livros e produzir um folheto publicitário intitulado *Don Quijote de la Mancha*, para o qual Machen escreveu todo um capítulo supostamente perdido de *Dom Quixote*. Redway logo o promoveu a editor da revista *Walford's Antiquarian*. Mais uma vez Machen se envolveu com lendas e títulos obscuros associados a gnósticos e fenômenos sobrenaturais, ao mesmo tempo que escrevia artigos não assinados acerca, por exemplo, de curiosidades sobre a cerveja e os significados alegóricos da heráldica.

A vida profissional se transformava, e também a vida pessoal. Em 31 de agosto de 1887, Machen se casou com Amelia Hogg, descrita como católica, independente e treze anos mais velha do que ele (então com 24 anos). Algumas das poucas informações sobre Hogg se acham nas memórias do romancista Jerome Klapka Jerome (1859-1927), que trabalhou também como ator e jornalista. Em *My life and times*, de 1926, ele recorda que Hogg morava sozinha nas cercanias do Museu Britânico, era membro-fundador do Playgoer's Club e freqüentava o meio teatral londrino; vivera com a família em colônias britânicas, sobretudo em Bengala, antes de voltar à Inglaterra. Em carta a Harry Spurr, editor de *The chronicle of Clemendy*, Machen deixa entrever o comportamento de mulher liberada ao contar que, um mês antes do casamento, ambos andaram por vales e colinas, tomando cerveja e cidra: "bebemos de fontes sagradas e das torrentes das montanhas, rimos, cantamos e pilheriamos de um modo inteiramente siluriano" (por siluriano sugere hedônico). Amelia Hogg morreu de câncer em 1899, doença da qual teria sofrido por pelo menos uma década.

Quase um mês após o casamento, em 29 de setembro, o pai faleceu (o último laço de família em Llanddewi seria desfeito quatro anos mais tarde, com a morte da tia Mary). Gwent consolidado para sempre na memória, Machen se estabeleceu em Londres. Deixou o sótão de Clarendon Road e foi morar com Hogg no número 98 de Great Russell Street, a poucos metros do Museu Britânico. Começara a receber uma herança de família, mas em parcelas modestas demais para prover o sustento de ambos. Só a partir de 1890, e até 1902, passaria a receber a soma de £400 a £500 anuais (algo em torno de $150 mil hoje), proporcionando conforto e o arrendamento de um chalé em Chiltern Hills, no condado de Buckinghamshire, sudoeste da Inglaterra. Por enquanto, complementava a renda trabalhando para a firma Robson & Karslake, livreiros especializados em raridades. De novo como catalogador de livros, mas com um salário de £80 por ano.

A rotina foi quebrada um tempo depois quando um dos livreiros lhe propôs traduzir as *Memórias de Jacques Casanova*, mais de cinco mil páginas que formariam doze volumes e lhe tomariam os dias e algumas noites ao longo de um ano. O que de início era uma simples tradução de encomenda se transformaria numa pequena aventura editorial. Machen não traduziu as memórias a partir do original, uma mistura de latim, francês e italiano, repleto de relatos eróticos explícitos que, conforme a austera moral vitoriana, seriam rotulados de pornográficos. Tomou como base a versão expurgada do tradutor francês Jean Laforgue. Entusiasmando-se com o resultado, em 1893 investiu £1,000 numa edição com os editores Nichols & Smithers, que o lograram com uma edição clandestina. Machen os levou à justiça, mas perdeu a causa: o tribunal concluiu que ladrão que rouba ladrão tem cem anos de perdão. A tradução foi enfim publicada em 1894, seguindo-se outras três edições bem-sucedidas nas décadas de 20 e 40.

Enquanto trabalhava nas memórias, encontrou tempo para traduzir um obscuro autor francês do início do século XVII, Béroalde de Verville, cujo *Le moyen de parvenir* ele julgava "extraordinário e enigmático". Trata-se de uma reunião de narrativas rabelaisianas construídas em torno de um banquete que, na tradução, chamou-se *Fantastic tales or the way to attain*. Pareceu tão indecente aos olhos dos editores que estes lhe pediram uma versão atenuada, no que ele cedeu.

Era 1889. Aos 26 anos, casado com uma mulher adorável, a situação financeira por se estabilizar, com significativa experiência como escritor, Machen resolveu se dedicar à criação de textos originais e entrou na década mais produtiva de sua vida. Poderia ter citado a segunda linha do dístico de *Perlesvaus*: "Aqui começam os milagres".

Entre a feitiçaria e a santidade

Em 1890, passou a escrever "'ensaios' ou artigos sobre coisas em geral, sobre livros, paisagens campestres, dias de verão ou estradas cobertas de neve no inverno, canções antigas, provérbios antigos", o que viesse à cabeça. Primeiro para o jornal *The Globe*, depois para *St. James's Gazette*, que pagava um pouco mais pelo mesmo número de palavras. No *St. James's Gazette*, em julho e setembro, publicou também os primeiros contos: "St. John's Chef", sobre um "famoso baronete anfitrião que se revela ser seu próprio cozinheiro"; "The iron maid", sobre um colecionador de instrumentos de tortura que morre vítima da própria obsessão nas mãos da "donzela de ferro" do título; "The double return", sobre um adultério casual. Num semanário recém-surgido e não duradouro, *The Whirlwind*, publicou "A wonderful woman", sobre o passado comprometedor de uma decorosa mulher casada. Temas picantes, capazes de escandalizar, não fosse o tratamento contido.

No verão desse ano, saiu a tradução de *Fantastic tales*, quase coincidindo com a publicação de *O retrato de Dorian Gray* na edição de junho da *Lippincott's Monthly Magazine* (lançado no ano seguinte em forma de livro, revisto e ampliado). Desde 1881, quando publicou a reunião *Poems*, Oscar Wilde era o escritor que nada tinha a declarar exceto seu gênio, a figura exuberante das rodas sociais, a personificação do esteticismo ideado por Walter Pater com base no simbolismo francês. Machen não poderia estar mais distante desse círculo, mas tomou uma decisão que lhe estimularia a criatividade. Leu *O retrato de Dorian Gray* e, motivado por uma passagem no romance ou por uma declaração de Wilde a um jornal, enviou um exemplar de *Fantastic tales* para o escritor. Oscar Wilde respondeu com um convite para um jantar no Florentine, restaurante italiano de Rupert Street, no Soho. Não se sabe se Verville agradou a Wilde, mas sabe-se que este elogiou o conto "The double return", dizendo, com a peculiar espirituosidade, que era uma "história que deixou o pombal em polvorosa".

Este foi o primeiro de quatro encontros, entre 1890 e 1895, e Machen não se impressionou muito com Wilde. Em 1926, na única recordação registrada, reconhece seu brilhantismo, mas observa que "não havia profundidade alguma em sua conversa. Ele deslizava fantasticamente, excentricamente, na superfície das coisas". Acerca do último encontro, pouco depois de iniciado o processo judicial que levaria Wilde a julgamento e à prisão, Machen diz que ele era "uma visão chocante. Tinha se transformado numa grande massa de gordura rósea. Não lembrava outra coisa senão uma senhora francesa obesa, sem fama extraordinária alguma, trajando roupas masculinas. Fiquei horrorizado". Em outro momento, recordando o primeiro encontro, revela que, "durante o jantar, ele me contou a trama de uma história escrita por um amigo, a qual, segundo ele, era 'admirável'. A mim não pareceu tão admirável assim; não vi por que eu não poderia conceber uma trama tão boa ou quase tão boa [...]".

Encorajado, ou desafiado, pelo encontro, Machen passou a

escrever o que qualificou de "histórias sobre a sociedade", algo curioso, porque "sei tanto sobre a 'sociedade' quanto sobre os hábitos do corujão". Uma delas foi "St. John's Chef" (teria sido Wilde o modelo para o anfitrião?). Não se deteria nesse tipo de história, devido ao fascínio pelo insólito. Ainda no verão, escreveu "The experiment", publicado em dezembro no *Whirlwind*. Veio a ser o primeiro capítulo da novela *The great god Pan*, escrita, provavelmente, entre 1891 e 1893 no chalé de Chiltern Hills, período em que Machen escreveu *The inmost light* e duas narrativas que fariam parte de *The three impostors*.

The great god Pan, em oito capítulos curtos, está saturada da atmosfera de uma época vitoriana ainda assombrada pelos assassínios de Jack, o Estripador. Numa casa solitária, fincada num vale entre uma floresta e um rio, o dr. Raymond, que, nos últimos vinte anos, dedicou-se à "medicina transcendental", convida um amigo, Clarke, para testemunhar um experimento, "uma leve incisão na massa cinzenta [...] um pequeno rearranjo de determinadas células", em sua criada, Mary, de 17 anos de idade. O dr. Raymond crê que, à parte a natureza à volta, há "um mundo real, mas este mundo encontra-se além deste encanto e desta visão, [...] além de tudo isso como além de um véu. [...] Você pode achar tudo isso um absurdo estranho; pode ser estranho, mas é verdadeiro, e os antigos sabiam o que significa erguer o véu. Chamavam a isso ver o deus Pã". Segue-se uma vivissecção, um odor no ar que, feito droga, induz à visão de um ser "nem homem nem animal, nem vivo nem morto, mas uma mescla de todas as coisas, a forma de todas as coisas porém desprovida de qualquer forma". Resulta que "o sacramento do corpo e da alma dissolveu-se, e uma voz parecia gritar: 'Vamo-nos daqui', e depois as trevas das trevas além dos astros, as trevas da eternidade". Mary desperta, os olhos brilhantes, "as mãos estendidas como que para tocar o invisível", tomada pelo mais terrível dos terrores. Vê Pã, por ele é fecundada, e enlouquece. Machen reserva uma série de personagens e incidentes estranhos, a manifestação do mal, a corrupção do corpo e da alma numa "transfiguração de sexo a sexo" até a dissolução.

Já se indicou que a deterioração da personagem Helen Vaughan (filha de Mary, que atrai crianças para dentro das florestas de Gwent com propósitos malignos) evoca a deterioração da matéria primária dos alquimistas, a *tenebrae activae*. De fato, Machen utilizou uma idéia básica das teorias do alquimista com o mesmo sobrenome de Helen, Thomas Vaughan (1621/22-66), que conheceu ao catalogar livros esotéricos para George Redway. No tratado *Coelum Terrae*, Vaughan afirma que a magia negra leva à destruição, porque o desígnio do demônio é que a natureza discrepe de si mesma. À parte Vaughan e a mitologia grega, Machen parece ter tido a influência direta de *The strange case of Dr. Jekyll and Mr. Hyde* (1886) e do mais recente *O retrato de Dorian Gray* ("fiquei muito impressionado com o romance"). No final do romance de Wilde, o pintor Basil Hallward acusa Dorian Gray de corromper tudo o que toca, "e isso basta para você entrar numa casa e desencadear algum tipo de ignomínia". Uma passagem que parece encapsular o conceito de Thomas Vaughan de que a matéria é a casa da luz, que retorna ao limo primitivo no contato com o mal.

Machen escreveu *The great god Pan* "com uma dificuldade horrenda, com desesperos mórbidos". Ao terminá-lo, enviou o manuscrito para a editora Blackwood, de Edimburgo, que elogiou a concepção inteligente mas o recusou por discordar da idéia central. O livro ficou na gaveta até 1894, quando foi aceito pelo editor John Lane, da editora Bodley Head.

No início, porém, a publicação não correu bem. O leitor de John Lane propôs alterações e a supressão do primeiro capítulo, no qual está a premissa da novela. Em março de 1894, numa carta a Lane, Machen objetou: "Se estivesse escrevendo na Idade Média, eu não precisaria de qualquer base científica, porque naquele tempo o sobrenatural *per se* era totalmente crível. Hoje em dia, o sobrenatural é totalmente *in*crível; para acreditar, temos de vincular nossos assombros a algum fato, ou base, ou método, científico ou pseudocientífico. Assim, não acreditamos em 'fantasmas', mas em telepatia, não em 'bruxaria', mas em hipnotismo. Se o sr. Stevenson tivesse escrito sua notável obra-prima por volta de 1590-1650, dr. Jekyll teria feito um pacto com o diabo. Em 1886, dr. Jekyll encomenda algumas drogas raras numa farmácia de Bond Street".

Não houve alterações. Lane era, afinal, um editor de visão (falharia em 1905 ao rejeitar *Chamber music*, de James Joyce, mas teria o mérito de publicar a primeira edição britânica de *Ulysses* em 1936). Nesse mesmo ano, tinha editado três números da publicação trimestral *Yellow Book* (1894-97), porta-voz do esteticismo, dedicada ao moderno e ao provocador, com ilustradores como Aubrey Beardsley e Walter Sickert, e colaboradores como Max Beerbohm e Arthur Symons, entre outros escritores não totalmente esteticistas, como Henry James; enfrentava com desembaraço as acusações conservadoras de que a publicação era indecente; e talvez achasse graça nos debochos que o semanário *Punch* fazia do movimento. *The great god Pan* saiu como a quinta novela na série *Keynotes*, com ilustrações do audacioso Beardsley.

Então vieram as críticas, na maioria negativas (Machen colecionou resenhas negativas, citou-as na autobiografia e as reuniu no volume *Precious balms*, de 1924): "Nas mãos de um estudioso do ocultismo, seria poderoso. Tal como é, é um fracasso" (*Sunday Times*); "Esta história não causará nem mesmo o espectro de um arrepio na mente de quem a leia" (*Echo*); "Este livro é medonho, horrível e tedioso [...] a maioria dos leitores o evitará, tomados de total repulsa" (*Lady's Pictorial*); "Este livro é, no conjunto, o mais agudo e intencionalmente desagradável em língua inglesa" (*Manchester Guardian*); "É um incoerente pesadelo de sexo [...] inócuo de tão absurdo" (*Westminster Gazette*).

As críticas positivas o situaram numa tradição de novelas de mistério e terror, incluindo autores como Bulwer Lytton (1803-73), Joseph Sheridan Le Fanu (1814-73) e Edgar Allan Poe (1809-49): "Os terrores mais grosseiros de Edgar Allan Poe não deixam atrás os arrepios que se sentem com os sombrios mistérios demoníacos de *The great god Pan*" (*Liverpool Mercury*); o resenhista de *Glasgow Herald* detectou a presença de Stevenson: "Desde que o sr. Stevenson lidou com os cadinhos da ciência em *Dr. Jekyll and Mr. Hyde* não nos defrontávamos com um experimento bem-sucedido como este". Oscar Wilde, num segundo jantar, também o elogiou: "*un grand succes*". E o público aceitou o livro. *The great god Pan* ganhou logo uma segunda edição, algo raro na vida literária de Machen, e inspirou duas paródias. Machen passou a ser associado ao decadentismo.

Ao recordar os "anos 90, dos quais eu não fazia nem mesmo

uma ínfima parte, não fazia parte alguma", Machen fez uma reserva: tinha tido a sorte de ser publicado pela Bodley Head, "que estava no centro de todo o movimento, e, sem dúvida, o livro se beneficiou do alarde do movimento. Mas, num certo sentido, foi um benefício ilegítimo; uma vez que a história foi concebida e escrita na solidão, e proveio de distantes e solitários dias passados numa terra longe de Londres, das sociedades e congregações literárias". Sustentaria essa posição até o final da vida: o livro, e tudo o que viria a produzir, não era o "fermento dos anos 90, mas das visões que um menininho registrou no fim dos anos 60 e no início dos anos 70".

Os elementos da novela se assemelham aos de alguns livros da época: Max Beerbohm observou que "a literatura atual não sofre da falta de faunos". Uma diferença, em Machen, é a "magia" reminiscente da paisagem e da atmosfera de Gwent. Cenário também da noveleta *The inmost light*, publicada junto com *The great god Pan* na edição da *Keynotes* (por ser mais contida, os críticos não lhe deram atenção), enfoca da mesma forma a intervenção do homem na natureza, na figura de um médico que faz uma cirurgia desastrosa na esposa, extraindo-lhe a alma. Cenários remotos e misteriosos, urbanos ou não, são sem dúvida essenciais para as obras do gênero, mas o que distinguia Machen seria notado mais tarde.

Trabalhou em três outras histórias nas quais desenvolveu um de seus elementos mais distintivos: a intervenção dos *tylwyth teg*, anões, ou gnomos, do folclore celta, sobreviventes de uma raça pré-histórica, primitiva, que são demoníacos, praticam rituais horrendos e, para Machen, "vivem ainda hoje" no interior da Terra ou em colinas. Uma dessas histórias é "The shining pyramid", publicada em duas partes na revista *The Unknown World*, em 1895. A revista era editada pelo norte-americano estudioso das ciências ocultas A.E. Waite, que ele conheceu através de Amelia Hogg em 1887, quando trabalhava para Redway, e de quem se tornou amigo. Uma casa isolada numa floresta, um rio em "esses místicos", formas vagas e fantásticas, crianças de "olhos amendoados ardendo com maldade e desejos inomináveis", tudo isso intensifica a atmosfera da história de uma menina que se perde nas colinas e, acredita-se, é seqüestrada por anões.

A personagem central é Dyson, um literato amador que aparece pela primeira vez em *The inmost light* e reaparece no romance *The three impostors*, que John Lane publicou como o décimo oitavo volume da série *Keynotes* em novembro de 1895, com capa de Aubrey Beardsley. Machen começou a escrever *The three impostors* no chalé de Chiltern Hills, onde passara três anos, provavelmente devido a problemas de saúde de Amelia Hogg. Mas terminou-o em Londres, agora morando no número 36 da mesma Great Russell Street. Nesse romance, a atmosfera de Gwent se mescla à de Londres, cidade importante na trama pelo "mistério e terror" que Dickens capturou tão bem, na opinião de Machen, e que, acrescente-se, o próprio Machen capturou nas andanças na época de fome e melancolia.

Uma das críticas a *The great god Pan* diz respeito à desarticulação entre os oito capítulos, a qual, no entanto, longe de uma imperfeição técnica, é uma grande geradora de suspense. Machen usa aqui o mesmo recurso, intercalando a narrativa "presente" com histórias contadas. Dyson e Phillipps, este um cientista amador que aspira ser etnólogo, vêem-se envolvidos numa conspiração. Uma rara moeda de ouro de Tibério, com um fauno na coroa, é roubada do sr. Headley pelo vilão Lipsius. O jovem Walters, membro da quadrilha de Lipsius, rouba deste a moeda e foge. Os capangas de Lipsius saem à caça de Walters e por acaso topam com Dyson e Phillipps. São os três impostores que lhes contam histórias fantásticas para ocultar o motivo pelo qual buscam Walters. Dyson se vê no papel do detetive amador que por acaso encontra a moeda e o jovem Walters torturado.

Esse é um resumo grosseiro da narrativa que, na edição original da Bodley Head, serve de ligação de quatro "novelas": "Novel of the dark valley", "Novel of the black seal", "Novel of the iron maid" (já mencionada, publicada em separado anteriormente) e "Novel of the white powder". A primeira delas, contada por Wilkins, um homem que interpela Dyson na rua perguntando por Walters, é sobre a venda da alma ao diabo. A segunda, narrada pela srta. Lilly, que se senta ao lado de Phillipps num banco de Leicester Square, tem como personagem Gregg, um etnólogo que decifrou uma pedra chamada Ixaxar em Gales (morava "numa casa de campo no oeste da Inglaterra, não longe de Caermaen, cidadezinha pacata, outrora uma cidade e a sede de uma legião romana"); partiu numa viagem e jamais retornou; a srta. Lilly, que trabalhara para o cientista, um dia recebe um pacote com uma explicação: Gregg partira em busca de um povo maligno, os anões. A quarta história é narrada pela srta. Leicester: um médico receitou a seu irmão, o esforçado estudante de direito Francis Leicester, um pó branco, um tônico, para que se recuperasse da fadiga; ocorre que o pó se destinava ao uso num sabá; o irmão tranca-se no quarto e começa a se transformar, decompondo-se até virar uma matéria negra, viscosa e pútrida que parece ter vida.

O livro foi lançado no clima do escândalo de Oscar Wilde, visto como a encarnação da corrupção, da depravação moral e da exploração das sensações sob o disfarce da "arte pela arte". Por extensão, assim passou a ser visto o movimento estético. Publicado por um editor associado a esse contexto, *The three impostors* virou um alvo fácil dos resenhistas, que se apegaram ao sensacionalismo: "Eu gostaria de saber como funcionaria a imaginação do autor em linhas mais puras e íntegras" (*Lady's Pictorial*); "Ninguém pode tornar-se mais feliz ou melhor com um livro como este, mas, ao contrário, é provável que o leitor acumule na cabeça imagens e idéias que só podem ter um efeito indesejável" (*Liverpool Mercury*); "É lamentável que a extraordinária inventividade e o grande talento do autor para a narração tenham sido empregados para uma causa tão indesejável" (*Dundee Advertiser*).

Foram várias as comparações negativas com Robert Louis Stevenson: "Deve algo, na estrutura, a *Dynamiter*, de Stevenson, o que é lamentável; pois, a verdade seja dita, as diversas partes são amarradas muito frouxamente, e o autor tem bastante vigor para criar um método próprio" (*Academy*). Quanto às comparações, Machen não poderia se queixar, pois se apropriara conscientemente da estrutura de *The dynamiter* (1885), uma seqüência de *New arabian nights* (1882), composto de episódios conectados por uma conspiração. Stevenson morreu em 1894, quando *The three impostors* estava sendo escrito. Machen declarou mais tarde que o livro era um testemunho do "enorme respeito que sempre tive pelo fantástico estilo de *New arabian nights*". Em outra ocasião, quando lhe perguntaram de onde saíra a idéia para o livro, respondeu que de sua cabeça e da de Stevenson.

Na autobiografia, porém, confessa a decepção: "Não fui tão bem-sucedido quanto com *The great god Pan*. O título é ruim [...] a farsa e a tragédia não estão bem concatenadas [...] e houve alguns escândalos sérios naquele verão de 1895 que deixaram as pessoas intolerantes para ler algo que não era, evidente e desagradavelmente, 'saudável'; de modo que, por uma ou outra razão, *The three impostors* não conseguiu atear fogo à água". No final da vida, poupou apenas "The novel of the black seal" e "The novel of the white powder", talvez por serem um experimento com a narrativa gótica do terror que o distanciava de Stevenson. Essas "novelas" — que justificam o subtítulo omitido nas edições posteriores, *The Transmutations* — são consideradas obras-primas; tanto é que Machen mesmo consentiu publicá-las em separado, mutilando o romance.

Tachado de "mero imitador de segunda mão de Stevenson", com um rastro de pastiches e um único sucesso — "uma sensação moderada entre as senhoras idosas, na imprensa e fora dela" —, defrontou-se com a angústia da procura de um estilo próprio. "Nunca mais pós brancos, nunca mais *calix principis inferorum*, nunca mais bulir com o Grande Deus Pã, ou anões ou seres diminutos de tipo duvidoso, e — a parte mais difícil — nunca mais a cadência stevensoniana, comedida e bem torneada, que eu aprendera a usar com um pouco de aptidão e muita facilidade."

No outono de 1895, mudou-se com Hogg para um novo endereço, o número 4 de Verulam Buildings, em Gray's Inn, ainda no coração de Londres, onde ficaria até 1901. Durante um dos vários passeios nas velhas e tranqüilas praças das redondezas, em que moía e remoía pensamentos, ocorreu-lhe uma idéia saída de uma introdução a *Tristam Shandy*, escrita por Charles Whibley: "[...] ao classificar a obra-prima de Sterne, [Whibley] observou que poderia ser chamada de um picaresco da mente, contrastando-o com *Gil Blas* [do francês Alain René Le Sage], que é um picaresco do corpo. [...] e, aplicando-o a outra obra-prima do século XVIII, perguntei-me: por que não escrever um *Robinson Crusoe* da alma?"

A idéia vinha de fora, a matéria-prima era a experiência pessoal: "a solidão, o isolamento, a separação da humanidade", não numa ilha deserta, mas em Londres, "no meio de miríades e miríades de homens". Do início de 1896 até o ano seguinte, por dezoito meses, escreveu com dificuldades que lhe pareciam intransponíveis, porque traçara um plano que seguia à risca, montando peças feitas de "barro" que se quebravam uma após outra. Encontrou enfim a solução ao combinar a paisagem suburbana com a paisagem de Caerleon-on-Usk, "o mundo anglo-romano de Isca Silurum". O resultado foi uma novela com elementos autobiográficos e tom satírico intitulada *Phantasmagoria,* depois *The garden of Avallaunius* (literalmente, "o jardim do homem de Avalon") e, por fim, *The hill of dreams.*

Em sete capítulos, quatro ambientados em Caermaen (Caerleon ficcionalizada), três no oeste de Londres, *The hill of dreams* conta a história de Lucian Taylor, que vive num vilarejo no vale do rio Usk e, ao receber uma herança, abandona o provincianismo e se muda para Londres, onde espera realizar as aspirações literárias e se tornar um escritor bem-sucedido. Machen enfoca a descoberta da sexualidade, a transmutação romântica da antiga cidade romana de Caermaen num refúgio, as dificuldades de publicação, a apropriação que um autor consagrado faz de trechos de sua obra rejeitada, a exaustão na busca da obra-prima que o leva à solidão, ao isolamento, ao desânimo e à morte, causada pelo excesso de uma droga na casa de uma prostituta.

A linguagem poética expressa à perfeição a intensidade da imaginação delirante de Taylor. A narração, na primeira pessoa, é exemplar na aplicação da técnica do fluxo de consciência, que viria a ser desenvolvida por Dorothy Richardson, Virginia Woolf e James Joyce. Há uma ambigüidade que não permite ao leitor distinguir entre o real e o imaginado. O solitário despertar sexual de Taylor, por exemplo, dá-se em contato com a natureza num dia quente, quando se despe e se deita na relva "ao sol, belo com a pele olival, o cabelo preto, os olhos pretos, a reluzente visão corpórea de um fauno perdido"; adormece e, ao acordar, tem "a visão de duas formas; um fauno de corpo tininte e pruriente, expectante ao sol, e também a figura de um rapaz infeliz e envergonhado, com o corpo num frêmito e as mãos trêmulas e agitadas". A concepção estética de Taylor enfatiza a sonoridade, as ressonâncias das palavras que, conforme o arranjo na frase, sugerem "admiráveis impressões indefiníveis, talvez mais arrebatadoras e ainda mais afastadas do domínio do pensamento estrito do que das impressões produzidas pela própria música. Nisso oculta-se o segredo da sugestão, a arte de causar sensação pelo uso das palavras".

The hill of dreams é a obra mais pessoal de Machen, inteiramente subjetiva e feita de impressões. No entanto, ou por isso, é a que mais o aproxima do simbolismo e da estética decadentista. "Mas rapazes ingleses saudáveis não deveriam ter nada a ver com períodos decadentes", diz Taylor com ironia. A referência reaparece, também no primeiro capítulo: "Ele era um 'degenerado', um *decadente*, e as chuvas tempestuosas e os ventos vociferantes de vida, dos quais um homem mais forte teria rido e os quais teria desfrutado, eram para ele 'tempestades de granizo e chuvas de fogo'". Para a ensaísta Madeleine Cazamian, é "o livro mais decadente de toda a literatura inglesa"; o ensaísta David Punter o considera "um epílogo da decadência inglesa, no qual beleza e morte estão representados numa fusão inextricável"; o biógrafo e ensaísta Mark Valentine observa que Machen "deixa para o leitor decidir se o livro se filia a *Confessions of an english opium eater* de De Quincey, como um registro de visões alucinógenas; a *O retrato de Dorian Gray* de Wilde, como uma fábula faustiana que delineia a punição pelo esteticismo subjetivo; a *A queda da casa de Usher* de Poe, uma vez que na seqüência final o destino de Lucian se entrelaça com uma casa em ruínas que ele encontrou; ou a *The great god Pan*".

Para Machen, é simplesmente sua obra-prima. Antes da publicação na *Horlicks' Magazine*, de julho a dezembro de 1904, pelo amigo e editor A. E. Waite, foi recusada em 1897 por Grant Richards, que nesse mesmo ano fundara uma editora (como John Lane, recusaria *Chamber music* e, inicialmente, *Dubliners*, de James Joyce). Na resposta à recusa de Richards, Machen expõe de modo revelador sua visão: "O senhor objeta ao ambiente do início; mas é o ambiente que molda em grande parte a personagem: esses *bacilli* do vilarejo é que são em grande parte responsáveis pela condição patológica do paciente". O espírito da época não o teria condicionado de todo.

Enquanto escrevia *The hill of dreams*, produziu as narrativas de difícil classificação — "poemas em prosa" ou "impressões" — reunidas no pequeno volume de *Ornamentos em jade* (na gaveta até a publicação, em 1924). Nesses textos ecoa a musicalidade professada por Lucian Taylor. Sutis e cifrados, às vezes quase ocultam a realidade espiritual de que tratam. Pelo formato raro, podem ser situados, à parte o simbolismo, ao lado de *The secret rose* (1897), de William Butler Yeats, de alguns dos "esboços" de *A haunted house* (1947), de Virginia Woolf, ou de algumas das *ficciones* de Jorge Luis Borges.

Alguns dos textos, como "Os turanianos", "A cerimônia" e "Solstício de verão", têm como tema o ritual pagão secreto que Machen desenvolveu em "The white people", narrativa escrita em abril de 1899. Composta de uma "miscelânea de folclore", apresenta a tese de que feitiçaria e santidade são "as únicas realidades. Cada uma delas é um êxtase, um retiro da vida comum". O pecado é o esotérico, "a tomada de assalto do paraíso"; a santidade, uma tentativa de "recuperar o êxtase que existia antes da Queda. Mas o pecado é um esforço para conquistar o êxtase e o conhecimento que pertencem apenas aos anjos, e, ao se empenhar nesse esforço, o homem se transforma num demônio". Ilustra essa idéia a história de uma menina iniciada na magia negra pela ama-seca, uma feiticeira. Boa parte consiste no diário da menina (também um experimento com o fluxo de consciência), que, com inocência, relata o culto do diabo. Seres estranhos, ninfas, anões e fadas, rituais e antigos idiomas secretos, hieróglifos, concorrem para expressar o sublime através da mescla das magias branca e negra.

Como diz o crítico norte-americano Ben Hecht, num ensaio de 1923 sobre o paganismo na obra de Machen, o autor "vê o mal assim como a maioria dos homens vê o bem, uma carícia agradável mas perigosa para quem não é senhor do próprio destino". O ensaísta Wesley D. Sweetser resume: "Depois de 'The white people', Machen jamais permitiu o triunfo do pecado e do mal. Assim como *The hill of dreams* representa a cristalização de sua tendência simbólica, 'The white people' é sua obra-prima do horror sobrenatural; e assim como a maioria de suas outras histórias em geral não comunica o horror no sentido físico, esta narrativa também implica apenas o horror cósmico".

Em junho de 1899, Machen terminou a primeira parte de uma novela, *A fragment of life*, que conta a história de um funcionário público, Edward Darnell, e da mulher, Mary, que vivem uma vida urbana rotineira, atrelada às coisas materiais — ele preocupado com as questões do escritório, ela, com as questões domésticas. Darnell, porém, aspira a uma vida diferente para os dois, e às vezes vê Mary como incorpórea, os cabelos caindo em caracol sobre a nuca, sugerindo "uma linguagem que ele ainda não aprendeu", tornando-o um "estudioso diante de um hieróglifo". Darnell vislumbra uma aproximação mais profunda com a mulher ao encontrar no sótão alguns papéis antigos galeses que precisam ser decifrados. Mudam-se de Londres para Gwent e lá descobrem o êxtase da realidade espiritual ocultada pela materialidade do cotidiano. "Darnell sabia, por experiência, que o homem é feito de mistério para mistérios e visões, para a constatação, em sua consciência, da ventura inefável, para a grande alegria que transmuda o mundo inteiro, para a alegria que supera todas as alegrias e ultrapassa todas as tristezas." Machen chegara mais perto da santidade.

A saída em mistério

Concluiu a segunda parte de *A fragment of life* em 1903, após um acontecimento trágico, e dele a novela é um reflexo. Depois de doze anos de casamento, e seis de sofrimento, Amelia Hogg faleceu em 31 de julho de 1899. Foi tão profundo o impacto que, na autobiografia, Machen se limita a registrar: "Então uma grande tristeza que havia muito era iminente tomou conta de mim: mais uma vez, vi-me sozinho". Ao longo de um ano, imergiu na depressão, numa desesperada procura da identidade e de um lugar no mundo, a esmo "no ar", em delírio. Na desolação, viu as fotografias na parede da casa de Gray's Inn "se dissolverem e retornarem ao caos"; passou então por um "certo processo" mental que não conseguiu explicar mas que resultou em "uma paz de espírito totalmente inefável, um saber que todas as dores, aflições e feridas tinham sido curadas". Rejeitou qualquer explicação ocultista para esse processo, mas o comparou à experiência espiritual presente nas lendas do Santo Graal e na vida dos santos celtas.

Traduziu-o por fim na busca de Darnell, a iluminação arquetípica que reapareceria nas novelas *The secret glory* e *The great return*, que tratam do tema do Graal.

Tentou reiniciar a vida, mudando de introvertido em extrovertido, de reservado em social. Ampliou o círculo de amizades, tendo tido, por exemplo, a oportunidade de conhecer Max Beerbohm, ensaísta e ficcionista associado ao decadentismo. Buscou apoio espiritual externo. A convite do amigo A.E. Waite, entrou para a Ordem Hermética da Aurora de Ouro, fundada em 1888 por Wynn Westcott, ligado à seita alemã da rosa-cruz. Embora de autenticidade duvidosa, a ordem contava com membros célebres, como McGregor Mathers, que criara rituais simbólicos com base na cabala, na filosofia neoplatônica e em princípios alquímicos, os escritores Algernon Blackwood e William Butler Yeats, e o bruxo Aleister Crowley. Waite era um respeitado pesquisador do ocultismo que publicara *The real history of the rosicrucians*, em 1887, motivo pelo qual Machen aceitou o convite.

Com o nome de Irmão Avallaunius, freqüentou-a por um breve período. A exemplo de Yeats, sem convicção: na autobiografia, apelida-a de "Ordem da estrela do crepúsculo", "um mistério divertido; e, afinal, não fazia mal a ninguém". O "mal", porém, rondava-a. As divergências internas eram enormes, sobretudo entre Yeats e Crowley, o adepto radical da magia negra. Consta que Crowley matou um gato de nove maneiras diferentes antes de declará-lo morto (gato na Grã-Bretanha tem nove vidas); Machen relata, sem nomeá-lo, que se dizia que "esse monstro [...] pendurava mulheres nuas em armários em ganchos que lhes perfuravam a carne dos braços". A última coisa que Machen desejava era um contato com as forças do mal. Deixou a ordem, mas manteve encontros sociais, por exemplo, com Yeats.

Machen tornou a mudar de endereço, agora um quarto no número 13 de Rupert Street, no Soho. Sem ânimo para escrever, ainda tentando reconduzir a vida, decidiu ser ator: "É uma experiência muitíssimo estranha pisar num palco aos 39 anos de idade, [...] mas é divertido". Fora encorajado por um amigo que morava no mesmo endereço, Christopher Wilson, diretor musical de Frank Benson, gerente da companhia teatral itinerante

Shakespeare Repertory Company. Benson o aceitou e treinou. De 1901 a 1909, com intervalos, Machen atuou como figurante e em papéis secundários, numa atividade sem brilho que no entanto lhe deu, afora algum dinheiro, momentos de felicidade. Privando com esse meio, conheceu grandes nomes, como sir Beerbohm Tree e Henry Irving.

Um dia um amigo músico, Paul England, apresentou-o a uma aluna de canto, Dorothie Purefoy Hudlestone, filha de um major do exército indiano. O encontro resultou num casamento, em 25 de junho de 1903, e num novo endereço, o número 5 de Cosway Street, em Marylebone. Purefoy, apaixonada pelo homem "de modos encantadores e voz realmente bela", era uma mulher boêmia e nada convencional, e começara a trabalhar na Benson Company mais ou menos na mesma época que Machen. O casal teve dois filhos, Arthur Hilary Blaise Machen (3 de fevereiro de 1912) e Janet Francis (26 de fevereiro de 1917).

Desde a morte de Hogg, Machen raras vezes escrevia. A convite do romancista irlandês George Moore, trabalhou por um ano como articulista e subeditor da *Literature*, antecessora do *Times Literary Supplement*. Numa época sem escândalos, portanto sem riscos, Grant Richards resolveu publicá-lo: em 1902, *Hieroglyphics* (escrito em maio de 1899), uma reunião de ensaios sobre uma estética que fundamenta *The hill of dreams* e, em termos mais amplos, as demais obras; em 1906, *The house of souls*, que incluiu *A fragment of life* e outras narrativas publicadas antes na imprensa, como "The white people". Estimulado, Machen produziu *Dr. Stiggins: his views and principles*, uma sátira combativa do protestantismo e do puritanismo, que também saiu em 1906. O livro passou quase em branco, mas Machen persistiu, sobretudo porque, sem a herança, era imperioso ganhar a vida.

Em maio de 1906, começou a freqüentar o New Bohemians, clube em que se debatiam assuntos polêmicos relacionados à arte e à literatura. Presente a um dos debates estava Lord Alfred Douglas, o ex-"Bosie" de Oscar Wilde e na época o editor da revista *The Academy*. A convite de Douglas, Machen colaborou para a revista (de 1907 a 1912), principalmente como editor de religião. As coisas pareciam melhorar: em 1907, mudou do número 5 para o número 6 da mesma rua; viu publicada a novela *The hill of dreams*, por Grant Richards, com morna recepção da crítica e relativo sucesso de público; entre os compromissos jornalísticos e teatrais, iniciou a novela *The secret glory*, terminada em 1908 (publicada apenas em 1922). Nessa época, havia se filiado à ala anglo-católica da Igreja Anglicana, embora dela não participasse de fato. Fascinava-o o poder imaginativo da religião, o ritual e o misticismo que, a seu ver, seriam capazes de livrar o mundo dos valores materialistas. Uma ilustração disso é *The Secret Glory*, na qual o estudante Ambrose rejeita o princípio pragmático e materialista da escola e encontra salvação e martírio através do cristianismo celta e da busca do Santo Graal: "Se deseja o amor: abstenha-se do amado".

Em 1910, aos 47 anos de idade, Machen abandonou o teatro e, buscando estabilidade financeira, acolheu a profissão sugerida pelos pais e para a qual estudara taquigrafia. Acolheu-a de má-vontade, pois o jornalismo, para um escritor, era uma "prostituição da alma", um "sapo feio". De 1908 a 1909, colaborara para o *T.P.'s Weekly* — voltaria a fazê-lo até 1928 — e o tablóide *Daily Mail* (tablóide tinha já o sentido de "sensacionalista", além do sentido próprio de "formato menor"); agora tornava-se funcionário efetivo no *Evening News*, também tablóide, primeiro na reportagem geral (cobriu, por exemplo, o funeral do capitão Robert Falcon Scott, morto ao tentar chegar ao Pólo Sul em janeiro de 1912), depois como articulista de literatura, arte e religião, o que de certo modo o distinguia. Eram grandes as pressões, típicas de uma redação, e Machen trabalhava em geral mais de dez horas por dia. Nas memórias que escreveu, Purefoy lembra que "[...] Arthur trabalhou para o *Evening News* durante onze anos, mas os últimos não foram agradáveis [...] O jornal tinha um mérito, no entanto, pagava bons salários [...]".

Logo teria outro mérito para o Machen escritor. Em 1914, irrompeu a Primeira Guerra Mundial. Em 23 de agosto desse ano, ocorreu a primeira batalha entre os exércitos britânico e alemão na cidade de Mons, na Bélgica, na qual os britânicos estavam em posição de desvantagem. Ao ler um relato sobre a retirada dos soldados na *Weekly Dispatch*, Machen escreveu uma versão do episódio, incluindo a intervenção de arqueiros celestiais provenientes da época de Agincourt: era "uma longa fileira de formas, envoltas em luzes brilhantes. Eram como homens que armavam os arcos e, após um outro brado, as nuvens de flechas voaram zunindo pelo ar na direção das hostes alemãs". O texto, intitulado "The bowmen", saiu na edição de 29 de setembro do *Evening News*. Para Machen, era "uma pequena obra insignificante", uma história com fundo patriótico que visava levantar o moral no início da guerra. No entanto lhe traria fama imediata, jamais repetida.

Em 10 de outubro, a revista esotérica *Light* reproduziu a história, esclarecendo que se tratava de uma ficção "imaginativa". Uma outra revista esotérica, *Occult Review*, solicitou a Machen que confirmasse a veracidade da história. Machen respondeu que era pura invenção. Aos poucos, porém, "The bowmesn" passou a ser reproduzido como fato em publicações do interior da Inglaterra, convencendo milhares de leitores de que os "anjos de Mons" haviam realmente aparecido e salvado os soldados britânicos. *Light* e *Occult Review* fomentaram uma polêmica alegando que havia relatos, por parte de soldados, de que os anjos apareceram de fato na batalha. A responsabilidade de tudo isso cabia, em princípio, ao *Evening News*, que imprimira o texto como reportagem ao lado da seção dedicada à literatura, "Nosso Conto".

Para Machen, era um momento crucial, pois negava, ou admitia como embuste, uma visão mística que procurava expressar em suas obras. Apesar das circunstâncias, autorizado pelo jornal, escreveu uma série de outras histórias qualificáveis como "fantasias de guerra", reunidas posteriormente no volume *The algels of Mons*. O sucesso foi tão grande que ele escreveu *The great return*, em 1915, e *O terror*, em 1917.

Nessas duas novelas, Machen introduziu o narrador-repórter, e, sobretudo em *O Terror*, um tom coloquial (mostra ter ouvido apurado ao registrar, por exemplo, que os soldados britânicos pronunciavam Ypres como "Wypers"). Desenvolvia, na verdade, um elemento latente em obras anteriores: o relato de eventos através de personagens, em diálogos, monólogos, cartas e diários, e um flerte com o ensaio, sob a influência de Charles Lamb. Agora, porém, tornava indistintas as fronteiras entre "ficção" e "realidade" ao criar uma *persona* literária: o narrador *é e não é* ele mesmo, escritor-jornalista, a realidade *é e não é* a relatada ou testemunhada. Essa abordagem confere uma enorme atualidade a *O terror*, no qual a explicação racional dos acontecimentos não elimina a possibilidade da intervenção do preternatural e põe em xeque a própria racionalidade. Imprimiu também esse tom na serialização de *The confessions of a literary man*, sobre as influências literárias na juventude, e em *The London adventure, or the art of wandering*, em que o escritor-jornalista se empenha em escrever sobre a cidade de Londres, um livro que não chega a ser escrito.

A carreira no *Evening News* terminou abruptamente, quando ele publicou o necrológio do ex-editor da *Academy*, Lord Alfred Douglas. O fato é que este não havia falecido e objetou não só ao falso necrológio como também a algumas coisas que Machen dissera a seu respeito, e processou o jornal. Machen foi demitido, deixando o jornal em novembro de 1921. Mas o incidente não o impediu de, pouco depois, colaborar para o próprio *Evening News* e inúmeros jornais.

Deve ter ficado grato por isso, porque o "sapo feio" se tornaria seu principal meio de subsistência. A criatividade literária entrou em declínio, a saúde lhe faltou, a situação financeira o obrigava a mudar de endereço com freqüência. Machen logo reencontraria os gnomos do castelo que conhecera ao chegar a Londres pela primeira vez.

Antes, porém, teve a surpresa e a felicidade de testemunhar a (re)descoberta de suas obras. Terminada a guerra, o norte-americano Vincent Starrett leu por acaso *O terror* e gostou, leu *The hill of dreams* e as novelas na coletânea *The house of souls* e o elegeu um mestre, promovendo uma campanha de proselitismo nos Estados Unidos, no que foi seguido por James Branch Cabell, Carl Van Vechten e Ben Hecht. No início dos anos 20, as obras da década de 1890 e posteriores foram publicadas por Alfred A. Knopf em Nova York (por sugestão de Van Vechten) e publicadas, ou republicadas, por Martin Secker em Londres: *The secret glory*, os dois volumes da autobiografia, *The shining pyramid*, *The London adventure*, *Dog and duck* (ensaios), *Ornamentos em jade*, *Precious balms*, entre outros. Machen virou *cult*, constou no *Who's Who*, passou a ser tão solicitado que chegou a escrever sobre culinária para o jornal londrino *Sunday Express*. Era como se os milagres recomeçassem.

No entanto, é de se crer que a vendagem não correspondeu ao entusiasmo: dá uma idéia disso o fato de que, entre 1881 e 1922, Machen recebeu a insignificante soma de £635 pelas vendas de dezoito títulos impressos, incluindo-se as traduções (há, porém, que se considerar procedimentos editoriais, como a cessão de direitos autorais). Por volta de 1925, a euforia amainou, primeiro na Grã-Bretanha, depois nos Estados Unidos: Knopf o publicou até 1928; Secker, até 1926. Depois os livros foram parar nos sebos.

Em 1929, aos 66 anos de idade, Machen enfim se fixou com Purefoy numa casa de Old Amersham, no condado de Buckinghamshire. Secada a veia, mas dependendo também do dinheiro da venda dos livros, vasculhava as gavetas e os baús à procura de manuscritos ou textos publicados na imprensa que rendessem títulos (o amigo John Gawsworth, poeta e bibliófilo, publicou, por exemplo, uma reunião de impressões pessoais, *Beneath the Barley*, em 1931). Houve momentos negros superados apenas com a ajuda de pessoas: um amigo e admirador norte-americano, Robert Hillyer, por exemplo, enviou-lhe dinheiro anonimamente de 1928 a 1930; Gawsworth encabeçou uma petição para que ele recebesse, a partir de 1933, uma aposentadoria do governo de £100 anuais, aumentada para £140 em 1938; durante a Segunda Guerra Mundial, em 1943, quando as dificuldades se agravaram ainda mais, uma comissão de que participaram Max Beerbohm, George Bernard Shaw e Thomas Stearns Eliot, entre outros, levantou fundos para que o casal levasse uma vida sem privações.

Machen continuou a produzir, ainda que esporadicamente, até os 81 anos de idade: prefácios, artigos, resenhas de livros; trabalhou num projeto, *A handy Dickens*, que Eliot quis publicar mas que a editora Faber and Faber vetou. Nos últimos anos, recebeu visitas, escreveu cartas, milhares delas, aos muitos amigos. Purefoy faleceu em abril de 1947; Machen, oito meses depois, em 15 de dezembro, aos 84 anos. Escolhera um epitáfio perfeito: *Omnia exeunt in mysterium.*

Foi o escritor que desejou ser, escreveu o que desejou escrever em abundância (pelo menos 45 livros publicados), em estilos e gêneros diferentes, quase invariavelmente para sobreviver. Mas produziu obras que, imunes às pressões financeiras, revelam um estilo impecável e uma obsessão temática, situando-o sobretudo no que se chama de sobrenatural, preternatural, oculto, insólito, horror ou extraordinário, não importa o termo que se adote.

Na fascinante monografia *Supernatural horror in literature*, de 1927, o talvez mais importante escritor do gênero depois de Poe, Howard Phillips Lovecraft (1890-1937), coloca-o quase acima de todos os "mestres modernos": "Dos criadores do medo cósmico elevado ao mais alto grau artístico, poucos, se alguns, conseguem se igualar ao versátil Arthur Machen [...]". Lovecraft, que descobriu Machen em 1923, inspirou-se em *The great god Pan* para escrever *The dunwich horror*, e *The call of cthulhu* deve algo a "Novel of the black seal". A influência de Machen se faria sentir em outros autores: Daphne du Maurier (*O terror* como antecessor de *The birds*, embora, à parte o tema, não haja outra relação), Ray Bradbury (que usa Machen como personagem de *The exiles*) e Peter Straub (*Ghost story*, de 1974).

Dorothy Scarborough, em *The supernatural in modern english fiction*, de 1917, afirma que a ciência sobrenatural é um elemento essencialmente moderno, sugerindo o pioneirismo de Machen nesse campo: a cirurgia com base na "medicina transcendental" de *The great god Pan* e *The inmost light* é uma antecipação da lobotomia (que os neurologistas portugueses António Egas Moniz e Almeida Lima introduziram em 1935); pioneiro Machen também seria no uso dos aspectos mais sinistros do folclore celta, com os *tylwyth teg*, a ponto de produzir um efeito semelhante a "um rastro pegajoso de uma fera ou serpente repugnantes". Quanto a uma passagem específica de *The great god Pan*, o próprio Machen afirma ter introduzido uma "nítida profecia da 'radiotelefonia'", acrescentando: "Tudo é um milagre antes do acontecimento: as faculdades do raciocínio nada têm a dizer na presença do desconhecido". Scarborough deixa entrever a dificuldade de enquadrar Machen ao situar essa e outras narrativas primeiro na categoria das narrativas alegóricas e simbólicas, depois na categoria da "biologia sobrenatural".

Machen nunca persuadiu ninguém a pensar de modo diferente. Apresentou, em lugar disso, sua visão da literatura, criou uma espécie de teoria literária com base em Coleridge, que é bastante eclética e permeia todas as suas obras, desde o poema *Eleusinia*. Em *The London adventure*, ele se refere ao desenho e à trama de sua tapeçaria, "[...] o sentimento dos mistérios eternos, a beleza eterna oculta sob a casca das coisas comuns e ordinárias; oculta e no entanto a arder e fulgurar continuamente, se nos damos o trabalho de olhar com olhos purificados". A idéia da purificação é essencial, do contrário a percepção se faz pela intrusão exposta no longo prólogo de "The white people", no qual se opõem santidade e feitiçaria, espiritualidade e ciência. Em *Hieroglyphics*, Machen afirma que literatura é "êxtase", ou "arrebatamento, beleza, adoração, assombro, temor, mistério, o sentimento do desconhecido, o desejo pelo desconhecido". Como explicitou em *A fragment of life*, em cada caso haverá o "retiro da vida comum e da consciência comum". "Vivemos num mundo de símbolos; de coisas sensíveis perecíveis que tanto velam quanto revelam as realidades vivas, espirituais e eternas".

Ao comentar os caminhos adotados por Machen para realizar essa visão — o sexo mórbido, a presença corrosiva do maligno representada pela ciência e pelo culto do demônio, a recusa romântica à materialidade da modernidade —, Lovecraft fez uma crítica dura, por mais que o admirasse: "Gente cuja mentalidade — como a de Machen — está impregnada dos mitos ortodoxos da religião encontra obviamente um pungente fascínio na concepção de coisas que a religião estigmatiza com proscrição e horror. Essa gente leva a sério o artificial e obsoleto conceito de 'pecado', e o vê pleno de sinistra sedução".

Ao comentar o livro de Dorothy Scarborough, Virginia Woolf oferece uma outra perspectiva ao discernir no sobrenatural a possibilidade que Machen discernia, e, embora não o mencione, deve tê-lo tido em mente: "O campo está povoado de ninfas e dríades, e Pã, longe de morto, faz suas travessuras em todos os vilarejos da Inglaterra. Grande parte dessa mitologia é usada não por si mesma, mas com o propósito da sátira e da alegoria; mas há um grupo de escritores com o sentimento do invisível sem tal mescla. Esse sentimento pode evocar visões de fadas e fantasmas, ou pode levar a uma vívida percepção das relações existentes entre os homens e as plantas, as casas e seus habitantes, ou qualquer uma das inúmeras associações que, de um modo ou de outro, estabelecemos entre nós mesmos e outros objetos em nossa passagem".

Virginia Woolf como que traduzia um pensamento de Machen no ensaio sobre religião, *War and christian faith*, de 1918. Para ele, a fé é uma aventura e uma viagem que todos temos de fazer. Quando chegamos ao final, "podemos nos surpreender com o fato de que o novo porto é o antigo, embora tenha passado por admiráveis transformações. [...] A verdade é que, gostemos ou não, vivemos, se vivemos bem, em e por e através de mistérios".

março, 2001

FONTES CONSULTADAS

ACKROYD, Peter. *Dickens*. Londres: Sinclair-Stevenson, 1990.
BORGES, Jorge Luis. "O espelho dos desejos", *Outras inquisições* (1952), Sérgio Molina (trad.). São Paulo: Globo, 1999.
CAVALIERO, Glen. *The supernatural and english fiction*. Oxford: Oxford University Press, 1995.
ELLMANN, Richard. *Oscar Wilde*. Londres: Hamish Hamilton, 1987.
FERRO, Marc. *História da Primeira Guerra Mundial: 1914-1918*. Lisboa: Edições 70, 1992.
GRAVES, Robert. *The white goddess*. Londres: Faber and Faber, 1961.
HOLLAND, Merlin. *The Wilde album*. Londres: Fourth Estate, 1997.
HONE, Joseph. *W.B. Yeats*. Middlesex: Penguin Books, 1971.
INWOOD, Stephen. *A history of London*. Londres: Macmillan, 1998.
JOHNSON, James. *Place names of England and Wales*. Londres: Bracken Books, 1994.
JOSHI, S.T. *The weird tale*. Austin: University of Texas Press, 1990.
LOVECRAFT, H. P. *Supernatural horror in literature*. Kent: The Gothic Society/ The Gargoyle's Head Press, 1994.
MACHEN, Arthur. *Far off things*. Londres: Martin Secker, 1922.
——————. *Things near and far*. Londres: Martin Secker, 1923.
——————. *The london adventure or the art of wandering*. Londres: Village Press, 1974.
——————. *The hill of dreams*. Nova York: Alfred A. Knopf, 1923.
——————. *The great god Pan*. Londres: Creation Books, 1993.
——————. *The three impostors*. Londres/Vermont: J.M. Dent/Charles E. Tuttle, 1995.
——————. "The bowmen", *The angels of Mons*. Kent: Simpkin, Marshall Hamilton & Co., 1915.
——————. *The great return*. Londres: The Faith Press, 1915.
MORGAN, Kenneth (ed.). *The Oxford history of Britain*. Oxford: Oxford University Press, 1991.
PORTER, Roy. *London: a social history*. Londres: Penguin Books, 2000.
ROLLESTON, T.W. *Celtic myths and legends*. Londres: Studio Editions Ltd., 1996.
STARRETT, Vincent. *Arthur Machen: novelist of ecstasy and sin*. Chicago: Walter M. Hill, 1918.
SWEETSER, Wesley D. *Arthur Machen*. Nova York: Twayne Publishers, 1964.
VALENTINE, Mark. *Arthur Machen*. Bridgend: Poetry Wales Press, 1995.
——————. *Machenstruck*. Roger Dobson (ed.). Oxford: Caermaen Books, 1988.

WADE, James. "Some parallels between Arthur Machen and H.P. Lovecraft". *The Arthur Machen society occacional four*. Caerleon: The Arthur Machen Society, s.d.

WILDE, Oscar. *The complete works*, Vyvyan Holland (introd.). Londres/Glasgow: Collins, 1988.

WILLIAMS, Raymond. *Culture and society: 1780-1950*. Middlesex: Penguin Books, 1961.

WILSON, Edmund. *Axel's castle*. Londres: Fontana Paperbacks, 1984.

WOOLF, Virginia. *Granite and rainbow*. Nova York: Harvest Book, 1975.

Este livro terminou
de ser impresso no dia
24 de abril de 2002
nas oficinas da
Bartira Gráfica e Editora S.A.,
em São Bernardo do Campo, São Paulo.